「你身邊的朋友之中，
有36%都是……『畜生』。」

CONTENTS

PROLOGUE 序章

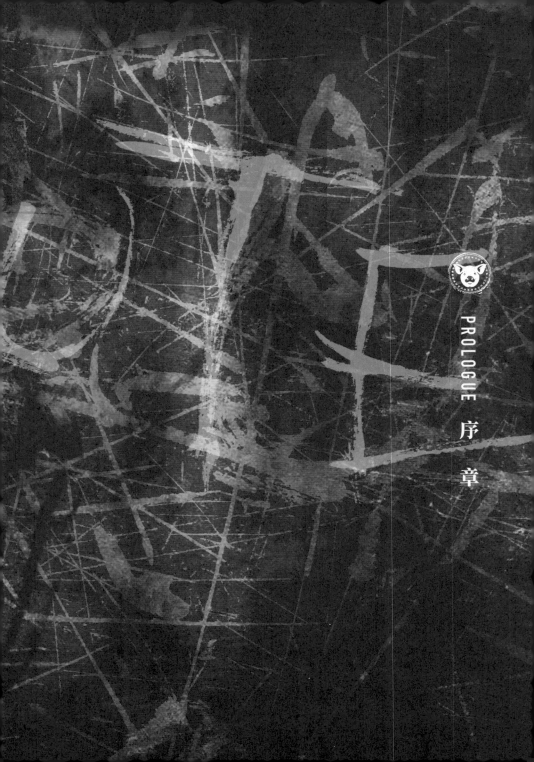

PROLOGUE 序章

二零四四年，香港。

一所高級的五星級酒店房內。

他跟她正在酒店房內。

一個二十三歲的「他」，還有五十六歲的「她」。

「親愛的，妳的皮膚怎麼好像又滑了很多。」男的手指在女的大腿上輕掃。

「小笙你的嘴巴真甜。」女的用一個勾引的眼神看著他。

「我不只是嘴甜，我的舌頭還很『辣』。」男的微笑說。

然後，他的頭慢慢移向女人的……下半身。

小鮮肉把她的內褲脫下，之後發生的事不用多想，女人享受著她的快感。

一個是用錢換來的快感，而另一個是用身體換取金錢。

熱情如火的男生，開始把她的衣服脫下，她身上的皮膚，明顯出現歲月摧殘的痕跡，始終已經一把年紀，不過，男生完全不介意，他用純熟的「舌功」舔著女人的全身。

對於其他人來說，可能會有一種作嘔的感覺，不過，他「專業」地服務著他的「愛人」。

這個叫小笙的男生，脫下了上衣，一身的肌肉與六塊腹肌就如有生命一樣，盡力展示它們的魅力。

也許，如果女的有福氣，二十三年前已經可以把男的生下來，她沒想到，現在卻可以享受著年輕時也沒法享受的快感。

男生把她的衣服脫下，同時跟她來了一場濕吻，他修長的手指已經來到了女人的私處。

本來兩個成年的赤裸男女，一起在床上一點也不足為奇，不過因為年齡的差距，讓唯美的畫面，變得一點也不美，而且還有一份……

噁心的感覺。

床在規律地震動著，同時，女人也發出了呻吟的叫聲。

有什麼原因可以讓一個人，跟比自己年齡大一倍以上的女人進行這魚水之歡的「運動」？

是愛？還是責任？

沒什麼原因，只有一個字……

「錢」。

一張又一張嗅起來有臭味的紙幣。

一堆又一堆在螢光幕上出現的數字。

完事後，他們坐在床上，男生替女人點起了香煙。

「我真不明白，我又老又醜，你為什麼會愛上我？」女人說。

「我不准妳這樣說。」男生用手指點著她的嘴巴：「我是真心喜歡妳的，那些跟我年齡差不多的女生，太幼稚了，我才不喜歡。」

男生的頭依靠在她的肩膀上：「妳完全不同，妳成熟有韻味，而且又有人生閱歷，我就是喜歡妳這樣的女人。」

是不是真說話？

她已經不在乎，一個五十多歲的女人聽到他這樣說，還有什麼可以埋怨？

她只知道，現在有一個人用心去愛著自己，已經滿足了。

一直以來，網上情緣騙案不斷增加，甚至可以騙取上億的數目。一個擁有上億身家的人真的是傻的嗎？

才不是，她甚至比你這些銀行只有幾千幾萬身家的窮鬼精明得多，只是，她們都敵不過一個「情」

字。

「小笙，我一直也想問你，為什麼你經常看著我頭頂？」女人問。

「沒什麼，嘿，只是我習慣發呆而已。」他吻在她的唇上。

由開始直至這一句說話……

他沒有一句是在說真話。

尤其是這一句說話，他絕對是在說謊。

他真的只是發呆？

錯了，因為他像他死去的父親一樣，可以……

看到別人身上的數字。

他的原名叫鍾允昱。

現在已經改名為……鍾笙月。

鍾笙月。

畜生月。

或者，他就是一隻做任何事都可以不擇手段的「畜生」。

……

…

．

孤泣作品《畜生》正式開始。

帶你進入一個真正的……「人間地獄」。

《你身邊的朋友之中，有36%都是……「畜生」。》

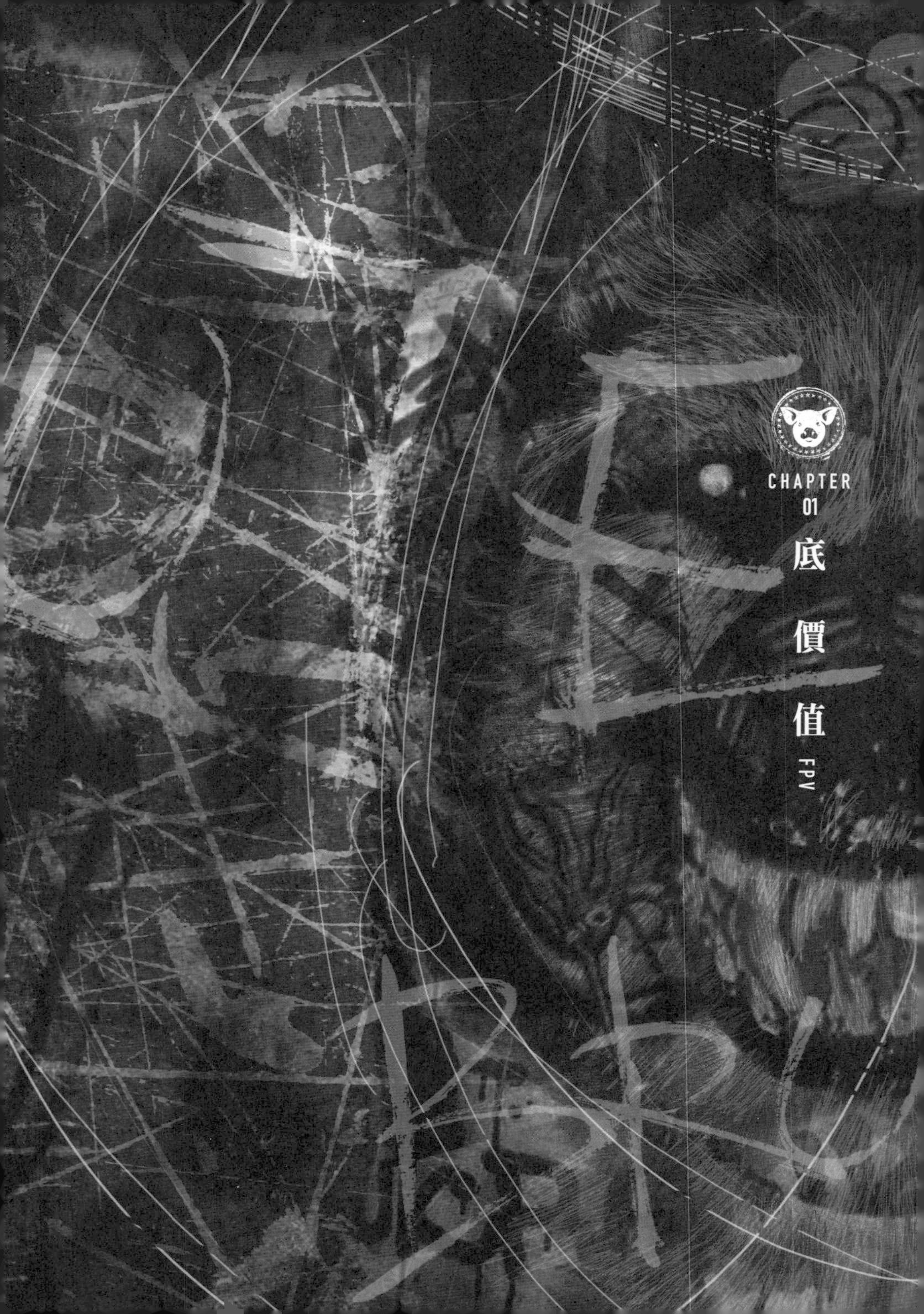

CHAPTER 01
底價值
FPV

CHAPTER 01

底價值

FPV

01

大生加密貨幣兌換中心。

公司的門牌快要掉下，一個月才有一兩單兌換生意，簡單來說，這公司如果只是「兌換」加密貨幣，一早已經關門大吉。

不過，這間公司的業務從來也不是兌換貨幣，這只是掩飾。

公司只有四位員工，而我就是其中一個創辦人。

「鍾笙，你他媽的太強了吧，那個富婆投資了多少Crypto？」我另一個同事榮仔說。

「比我上個月Rug的更多。」另一個男人說。

他叫周金杰，這公司就是跟他開辦的。

在加密貨幣術語中Rug，就是Rug Pull，意思很簡單，就是「抽地氈」捲款潛逃，當所有投資者都站在地氈上，然後你把地氈整塊抽起，會發生什麼事？

「不算多了，才兩千萬。」我眼睛乾澀，滴著眼藥水。

「兩……兩千萬？！」榮仔瞪大了眼睛：「這次我不就可以升職加薪？！」

「加你個頭，你再每天遲到，我炒了你。」金杰說。

「可以賺這麼多，我也想做男妓！」榮仔說。

「你？先去照照鏡吧，你跟鍾笙怎比？」第四位女同事叫冰孝奶，她把咖啡放在我面前：「而且他不是做男妓，他是……」

「玩弄感情！」孝奶與金杰一起說，然後來了一個擊掌：「Bingo！」

「嘿，你們真無聊。」我把孝奶拉了過來，坐在我的大腿上：「要不要我也來玩弄一下妳的感情？」

我看著他的E奶身材。

「才不要。」孝奶風騷地撥著我的頭髮：「我沒法接受任何女人都可以上床的男人。」

「妳是在讚賞我？」我笑說。

「不過老實說，合作這麼久，我一直也不明白，鍾笙你是怎樣找到那些富婆？」金杰說：「你好像不用做Research，就知道她們是有錢人一樣。」

「過來過來，我跟你說……」我擺手叫他過來，然後在他耳邊說：「秘密。」

「正一畜生月，嘰嘰！」金杰拍打我的頭：「好了，我要走了，下星期見，有什麼消息電聯。」

「我也走了。」孝奶站了起來，她的低胸就在我眼前：「你自己洗杯。」

「大家都走，我也回去了，還有程式要寫！」榮仔說：「下星期再見吧！」

他們三人離開，公司只餘下我一個人。

我喜歡這樣的工作關係，我們只會在公司和加密手機聊天，從來也不知道大家的真正身份和背景，而且也不需要多問。除了我跟金杰是在孤兒院認識，我甚至不知道他們結婚了沒有？有沒有兒子？是不是同性戀等等。

當然，他們也不會知道我的背景。

三歲時，我父母在一場火災中死去，當時他們在自家的二手漫畫店中活活被焗死。聽孤兒院的人說，我父親想保存他最喜歡的漫畫，才沒有立刻逃生，結果，兩人死在漫畫店中。

正白痴，如果是我，才不會這麼笨。

最諷刺是，他最喜歡的漫畫，成為火災的燃料，最後把他們殺死了。

我按著手臂，出現一張立體影像合照，是他們跟三歲時的我一起拍的相片，也是他們唯一留給我的東西。

「我才不會像你們一樣。」

某程度上，我有點討厭我的父母，不過，我父親卻留下了一樣別人沒有的東西給我，這方面我蠻喜歡的。

小時候，我聽過爸爸的一個朋友說，他叫何大福，他說我爸爸可以看到別人的……**人渣成份指數(Scum Index)**。

不知道如果我爸還在生，會看到我有幾多分？嘿。

啊？我忘記了，何大福說過，能力者是不能看到其他能力者的分數，那個何大福也是能力者，所以我也看不見他的分數。

我遺傳了父親的「能力」，不過，我不是看到什麼人渣指數，我的「能力」更有用。

我可以看到……

……

‥

．

一、個、人、擁、有、幾、多、錢。

我把這能力稱之為……

「底價值」**Floor Price Value，FPV**。

CHAPTER 01

底價值 FPV

02

我花了很多時間，去了解自己的「能力」。

我看到每個人頭上的數字每秒都在跳動，這代表了每個人擁有的資產都會不斷改變。

比如一個賭徒，假如我看到他頭上有**$100,000**的 **FPV** 值，如果他在買大細的賭桌上輸掉了**$60,000**，他的 **FPV** 會立即變成**$40,000**。

更正確的說，還未打開骰盅，我已經知道他是贏是輸。

而一個人擁有多少錢，都是以港幣來計算，我不知道是不是因為我在香港出生的關係。

其實用「錢」字來解釋，並不完整，如果要說得更準確，我是可以看到一個人擁有多少「資產」，**FPV**的計算，除了金錢，還有那個人擁有的「物品」都會包括在內。

物品包括了生物與死物。

每件物件都有屬於它的……「估值」。

比如你買了一支牙膏**$10**，你頭上的**FPV**就會減少**$10**，但因為你擁有了這支牙膏，它的製作成本如果是**$2**，即是你頭上的數字只會減少**$8**。當你把牙膏用完掉了，你的數字才會總共減少**$10**。

不過，假如你是一個明星，別人想用高價購買你用過的牙膏，他出價$3,000購買，而你又賣給他，那你的FPV就會增加$3,000，而購買牙膏的人會減少$3,000。當然，如果那個人又以$5,000再轉手給另一個人，他的FPV會增加$5,000。

但這情況不包括「本來有價值」的資產。

什麼意思？

現在，你一筆過購買一個價值$10,000,000的物業，你頭上的FPV不會減少$10,000,000，亦不會計算它用了多少水泥，用了多少塊磚的「成本價錢」。你的FPV可能反而會上升，因為「物業」本來就有價值，可以用更高的價值買給其他人，這就叫「估值」，這情況也包括股票、加密貨幣、藝術品等等。

這是「死物」的估值計算，那「生物」呢？

如果你用$10,000去買一隻貓，甚至是一個人，你頭上的FPV會減少$10,000，但如果那隻貓成為了名星貓，牠的身價立即上升，加上牠接到很多廣告賺了很多錢，你的FPV就會上升。

那人呢？如果那個人的錢由你保管，那些資產都是屬於你的。簡單的例子，小孩收到的利是錢，如果由父母保管，那父母的FPV就會上升，而小孩不會有改變。

這就叫「轉移資產」。

如果你問，一個人名成利就，比如荷里活明星和運動員，「自身」就會變得很值錢嗎？

不，這不計算在FPV之內，所有死物與生物的價值都包括在FPV之內，除了人類「本身的價值」不包括在內。

當他賣出唱片、收到轉會費等等，「價值」變成了物質再換成金錢時，才會計算在FPV之內。

這個設定還不錯，這代表了……

「每個人本來的價值都是相等的」。

不過，因為人類都喜歡用「價格」來衡量每一個人，所以世界就變成了……

「每個人本身都有一個價值」。

只要用能夠接受的「金錢」，就可以收買世界上任何人。給你一百萬過一晚，可以嗎？不行？好吧，二百萬？也不行？好吧，五百萬？一千萬？一億？二億？

好吧，如果你還在猶豫，我把二億給別人了，你將會失去這個你一世也不會得到的金額的機會。

其實，在你猶豫的一刻……

答案已經出現了。

底價值 FPV

03

晚上，我離開了公司，走在大街上。

街上每個行人的頭上都一定會出現數字，除非是其他的「能力者」，當然，直至現在我也沒遇過幾個。

遇上了能力者，我會跟他們交流？才不會，他們有什麼能力關我屁事，我才不會走去結交這樣的朋友，除非有利益。

除了能力者外，我沒法看到數字的，還有初生嬰兒，**FPV**會是「**0**」，因為人類一出生什麼資產也沒有，而且自身的價值不計算在**FPV**之內。

而死去的人類，**FPV**也會歸零。當遺產轉移到遺產承繼者手上時，那人的**FPV**就會大幅上升。

這代表**FPV**會有一個「真空期」，在真空期中，資產不屬於任何人。

其實，**Floor Price Value**的計算還有很多不同的情況，比如聯名戶口、捐贈與轉贈資產、企業的共用戶口等等，如果要說，也許三天也說不完。

重點是，其實我只需要知道「別人有幾多錢」，已經對我很有幫助。

我看著街上的行人，**$10,42,112**、**$320,912**、**$44,111**、**$-9,201,822**。

沒錯，**FPV** 當然還有負數，可能是供樓，可能是貸款，也有可能是欠了一身的屁債，我看著這個欠了九百多萬的中年男人，他的人生，應該快完了。

「嘿。」

看到別人仆街是最開心的事，這叫做「群際動態」(**Intergroup Dynamics**)，從別人的個人痛苦中，獲得快感。

我從停車場駕駛我的新款瑪莎拉蒂離開，轉出路口時，我再次見到那個負數的男人，他在等過馬路。我打開車窗，他看著我，還有我的車。我用一個恥笑的表情看著他，然後開車離開。

我相信他一世也不會忘記我這個恥笑的表情。

此時我的手臂出現了立體的影像，收到一個新的訊息。

「**DONE.**」

很好，看來一切都進行得非常順利。

我做了一些統計，那些 **FPV** 負數的人都不會是什麼好人，不過，比這些人更甚的是，那些擁有很多身家的人，他們大部分都是……「人渣」。

從窮人手中得到更多的錢，然後，享受著奢華的生活，最有趣是，明明這些有錢人都是人渣，偏偏卻有很多的「信徒」，得到很多的尊重。

或者，我不像我那個沒用的父親一樣，可以看到別人的「人渣指數」，不過，我比他更清楚，什麼是「人渣」。

這二十三年來，人類貪婪、自私、醜陋的「人性」完全沒有改變，不，更正確來說，這幾千年來一點也沒有改變，還要變本加厲。

人渣、賤種也不能完全形容這些人，因為，他們根本就不是人，他們是……

真、正、的、畜、生。

而對付這些畜生的方法，就是……比、他、們、更、像、畜、生。

嘿，這方面，我可是專家。

CHAPTER 01 底價值 FPV 04

我駕車來到尖沙嘴。

我來到諾士佛臺後街，一間吃雞粥的街邊檔。

「年輕人，又是你？」雞粥伯看著我微笑：「你又這麼遲來，總是我最後一個客人呢。」

「嘿，工作都很忙，只有凌晨才有時間。」我微笑：「要一碗招牌雞粥。」

「收到！」

他頭上的數字……**$15,932**。

這檔街邊雞粥，也許已經成為香港的文化遺產。

我看著對面街的高尚商業大廈，在那邊工作的人根本不會來吃雞粥。聽雞粥伯說，他爭取了十年才能夠在這裡繼續賣雞粥，不過，生意已經大不如前，而且總是被人投訴衛生問題，其實都只不過是想趕走他。

那些以為自己「高尚」的人，寧願去吃一碗幾百元用山珍海味做材料的粥，也不會吃這些十多二十元一碗的粥。

就只因為「身份」的問題。

「雞粥到！」雞粥伯把熱騰騰的雞粥放下。

我立即吃了一口：「太好吃了！」

「當然！雞粥伯是幾十年的老招牌！」他高興地說：「不知道有幾多代人吃過我的雞粥！」

「生意不就很好嗎？為什麼不上鋪？」我借意問。

我能夠看到他擁有幾多身家，卻不會知道為什麼會有這些錢。我想這個雞粥伯已經工作了幾十年，但他的資產就只有……一萬五千元，我有點好奇。

「不了，我很喜歡在這裡賣粥。」他指著鋪面貼著的一張相片：「而且賺的錢也捐了給有需要的人了，沒錢上鋪。」

相片是一群小學生圍著他站在車仔檔前，雞粥伯站在中間，面露笑容。他跟我說，會免費送粥給不同的學校，還有送給比他更窮的露宿者，他甚至會把半數的收入捐給第三世界國家。

「過了大半生，沒什麼所求了。」雞粥伯吐出了煙圈：「夠食夠住就可以了。」

他坐了下來，開始細訴他的故事。

把大半生的積蓄也捐了？我不會讚揚他，反而覺得他真的很笨，為什麼要幫助那些只會說多謝你，然後半天就忘記你的人？

「雞粥伯，你還記得二十年前，有一對情侶經常來吃粥？」我問。

「你考起我了，二十年前的事我怎記得？」他想了一想：「等等，好像有一對感情很好的情侶經常來，後來，他們還帶了兒子一齊來。那時男人還叫我加入他們的食品集團，不過最後我也拒絕他們了，哈哈！當時他們還是叫我雞粥叔，現在我都變成雞粥伯了！」

他說出了我父母曾經發生的事，他說女的很美，眼睛很大，而男的經常掛著笑容，他們就像是天生一對。

「好了，我吃飽了。」我滿足地說：「我應該要很久才可以回來吃粥。」

「為什麼？要去旅行？還是出國工作？」他問。

我跟他微笑。

我在手臂上啟動了我的加密貨幣錢包，現在已經不需要什麼密碼之類，因為錢包已經注入手臂。

這個時代已經沒有紙幣，不過，我反而很喜歡現金的臭味。

我付款，然後坐回車上，回家去了。

……

…

．

雞粥伯正在收拾檔口。

「剛才那個年輕人，好像很熟面口……他剛才問二十年前的男女……」

他把枱櫈摺起。

「啊？二十年？會不會那對男女帶來的小男孩……」雞粥伯看著沒有車的馬路：「就是他？那對男女就是他的父母？」

他笑了一下，然後把枱櫈放回檔內：「不知道他的父母現在怎麼樣呢？應該有二十年沒見了。」

雞粥伯按著自己的手臂，每晚都要點算一天的收入：「唉，現在的科技我真的不懂，為什麼要收加密貨幣？什麼比特幣？孤貓幣？現鈔不是最好嗎？」

他看著螢光幕的數字……整個人也掉在地上！

「一……二……三……四……五……六……」雞粥伯在數著畫面上的零。

他再次看著鍾笙月駕車離開的馬路。

同時，他頭上的數字出現了變化……

一碗雞粥值多少錢？也許，在每個人心中，也有不同的「價值」。

粥伯頭上的數字……

$9,915,932！

CHAPTER 01

底價值

FPV 05

一星期後。

早上，淺水灣道三層式別墅。

「叮噹！」大門門鈴響起。

「這麼早有人來找你？」睡在我身邊的女伴說。

「不用理會，應該是來看水錶。」我沒理會，只是擁抱著她。

門鈴繼續響起。

「呀！」我不耐煩地坐了起來：「我去看看！」

這麼早會是誰？我從二樓的睡房，走到大門前，在大門監視器中，我看到幾個男人。

「誰？」我按下監視器的對話按鈕。

其中一個男人把他的證件放在鏡頭前：「商業罪案調查科。」

我皺起了眉頭，心中有種不祥的感覺。

我打開大門。

「鍾筌月先生，我是CCB督察張志文，現在懷疑你跟一宗騙案有關，麻煩你跟我們回去警署接受調查。」他說。

「騙案？你們是不是搞錯了什麼？」我說：「我是正當的商人……」

「你認識周三妹女士嗎？你的案件就是跟她有關。」

周三妹……就是那個最近我騙了兩千萬的富婆，為什麼……

「我先換衣服再跟你回去。」

「別要太久，我們等你，還有……別要像狗一樣從後門逃走就是了。」張志文他奸笑。

其他的警員也在奸笑。

很明顯，他們知道我比他們更年輕富有，所以揶揄我。

「當然不會。」我微笑：「對，張Sir如果有什麼財務上的困難，我可以介紹一些低息貸款公司給你。」

他瞪大眼看著我，就好像在說：「你……怎樣知道的？」

他頭上的數字……**$-924,191**。

「十分鐘。」我說完用力關上大門。

「鍾笙，是誰？是其他女生來找你尋仇嗎？」她也起床了，走到我身邊擁抱著我。

她是我昨晚在酒吧認識的女人，我連她的名字也忘記了。

「不，應該……」我看著白色的大門說：「不只是尋仇這麼簡單。」

……

…

.

警局總部，商業罪案調查科。

他們擁有我和周三妹所有的聯絡資料和記錄，還有欺騙她兩千萬購買虛假加密貨幣的證據。

最初，我沒想到他們竟然可以調查到這麼多資料，不過，當我聽到一些只有「我跟某人」知道的戶口資料時，我就知道不是這麼簡單。

加密貨幣的區塊鏈地址，就像是一本公開的帳簿，所有交易來往都會有記錄，不過，就算知道地址，也不知道持有此地址的人是誰。但他們可以找出所有我跟地址合約有關的證據。

不，絕對不是他們調查出來的，他們都只是一班打政府工的飯桶，我的保密程式他們絕對不能破解。

唯一一個原因……

「你還有什麼可以說？要不要叫律師？不過叫律師也沒有用了，已經是證據確鑿！」張志文把資料推到我的面前。

我完全沒聽到他的說話，我只想起自己曾經說過的一句說話。

因為我可以看到身邊朋友擁有多少金錢，而大部分的有錢人都是人渣，然後，讓我統計出一個數字……

「**36%**」。

沒有人可以破解我的保密程式，只有一個可能……

一個我最信任的人把我的資料，通通告訴了警方！

而這個我**最信任的人**，就是跟他工作多年的……

周、金、杰！

我想起了那句說話……

……

……

.

「**你身邊的朋友之中，有 36% 都是……『畜生』！**」

CHAPTER 01

底價值

FPV 06

兩星期後。

大生加密貨幣兌換中心。

這裡已經人去樓空，鍾笙月的犯罪證據也全被拿走。

今天，「他」回來看著空空如也的公司。

周金杰回來了公司。

「你是回來懷念手足之情嗎？」她說。

此時，公司大門打開，冰孝奶也回來公司拿走自己的物品。

「妳是在揶揄我？」周金杰看著落地玻璃外的風景。

「怎敢？我不怕你出賣我？」冰孝奶無奈一笑：「由細玩到大的朋友也可以出賣，看來我也不是太認識你。」

周金杰轉身看著她：「那又怎樣？現在把所有做假的罪名都推給了他，你我都很安全。」

冰孝奶走到他的面前，一巴打在他的臉上。

「人渣！」

「我是人渣？你騙那些男人錢不也是賤人嗎？」周金杰反擊。

冰孝奶想再一巴打在他的面上，卻被周金杰一手捉住她的手腕！

「別再來了，我會還手！」周金杰大聲地說。

冰孝奶甩開了手臂，拿走一些個人物品後離開了公司，周金杰只能目送她的性感背影離開。

「鍾笙啊鍾笙，為什麼全世界的女人都幫你的呢？嘿！」

周金杰繼續喝著他的紅酒，看著玻璃窗外的風景。

一星期後，羈留室內。

沒想到我孌習慣羈留的生活，現在的罪犯待遇也不錯呢，全白的囚室反而讓人有一種放鬆的感覺。

「老弟，明天你就上庭了，希望你可以無罪釋放。」他說。

我看著他，他叫張古雲，三十歲左右，可以說是囚友吧，他一直跟我囚在同一羈留室。這星期我們經常聊天而成為朋友。

他頭上的數字是**$-300,292**。

「無罪釋放？哈，不可能吧，我想至少……五年刑期。」我說。

「五年？你到底犯了什麼罪？五年後，到時外面的世界已經改變了。」他失望地說。

張古雲因欠下賭債，為了還錢而偷竊，然後被關起來準備被起訴。當然，我沒告訴他我的罪名。

外面的世界會改變嗎？

不，從來也不會改變，人類的本性不可能改變，自私、醜惡、妒忌、貪婪、兇殘、猜疑、爭鬥、排擠、欺騙等等人性，絕對不會改變，不過就是不會改變，反而讓更多貪婪的人可以給我欺騙。

「古雲兄，你知道『貪字得個貧』的下聯是什麼？」我問。

「我不知道，是什麼？」

我自信地看著他說：「『貪字得個貧』的下聯是……『富貴險中求』！」

貪字得個貧，下聯是，富貴險中求。

而富貴險中求的下聯是……貪字得個貧。

這對對聯會不斷循環，直至你變得非常富有，又或是欠了一身巨額屁債。

所以，我從來也不盲目崇拜任何的權威，因為，我們總可以找到相反的權威，貪會窮？還是險求富？根本就沒有一個絕對的答案。

「哈哈！好一個富貴險中求！老弟我喜歡你！」張古雲笑說：「我出去後一定會贏回來！有賭未為輸！」

有賭未為輸？白痴，如果世界上真的有五十五十的賭局，他還可以憑運氣贏，不過，世界上所有你以為有一半機會贏的賭局，其實，你的得勝率絕對沒有五十。

為什麼我知道世界是這樣，還要暗示他繼續賭下去？

不是已經說過了嗎？

看人仆街最開心，嘿。

……

……

……

第二天早上。

西九龍裁判法院。

「犯人鍾笙月，詐騙罪名成立，被判八年有期徒刑，即時生效！」

CHAPTER 01

底價值

FPV 07

兩個月前。

大生加密貨幣兌換中心。

鍾笙月與周金杰在喝著紅酒。

他們都是從孤兒院出來的，周金杰比鍾笙月大五年，鍾笙月一直也當他是大哥哥，從他七歲開始，已經跟周金杰一起偷呃拐騙。

由小時候的童軍獎券，到長大後的股票債券，甚至是騙人開辦網上色情網、加密貨幣Defi平台等等，他們都一直合作無間。

「我搭上一個富婆，我想可以騙到一兩千萬。」鍾笙月說。

「媽的，生得靚仔真的很著數。」周金杰喝了一口紅酒。

「你錯了，我很花時間打扮，還有健身保持體格，這些你都知道吧。」鍾笙月做了一個做愛的姿勢：「還有，除了外表，技巧更重要。」

「哈哈哈！媽的！還好我是男的，而且是你的好兄弟，不然我也會被你騙到！」周金杰說。

鍾笙月微笑，他把一份文件遞給了周金杰。

「這是什麼？」周金杰問。

「所有有關我跟那個富婆的資料。」鍾笙月說：「全部的罪證都交給你。」

「什麼意思？」周金杰皺起眉頭。

「我要你……」鍾笙月自信地說：「出賣我。」

「為什麼？！怎可以？我們一直也是……」

「因為我要被監禁，總要有個人揭發我吧。」鍾笙月說。

「我不明白。」周金杰搖頭。

雖然周金杰比鍾笙月年長，但一直以來，構想「計劃」的人都是鍾笙月，他們非常信任對方，周金杰不明白為什麼像自己親弟一樣的人，要自己出賣他。

「我想……調查一下。」

「調查什麼？」

「天騰集團。」

周金杰還是一頭霧水，然後，鍾笙月說出他的真正原因。

「這……真的值得嗎？這樣至少五年刑期。」周金杰說。

「我問律師了，五至八年不等，也許，我行為良好，不用困這麼久也不定。」

「鍾笙，我再一次問你。」周金杰非常認真地說：「你真的已經決定了？」

「決定了。」

周金杰拿起那疊資料：「去你的，就依照你的說話吧！」

「還有，先別要跟榮仔與孝奶說。」鍾笙月說。

「他們一定罵死我。」

鍾笙月搭在他的肩膀上：「沒什麼呢，或者我很快就可以出來！」

「我不知道你怎樣想，如果在『裡面』有什麼需要，記得跟我聯絡！」

「當然，我還很需要你。」

然後，他們碰杯。

無論周金杰這樣做值不值得，他也尊重鍾笙月的決定。

……

…

．

西九龍裁判法院。

「犯人鍾笙月，詐騙罪名成立，被判八年有期徒刑，即時生效！」

在旁聽席的周金杰緊握著拳頭，鍾笙月跟他對望了一眼。

鍾笙月給他做了一個口形。

「一切都在……**計劃之內**。」

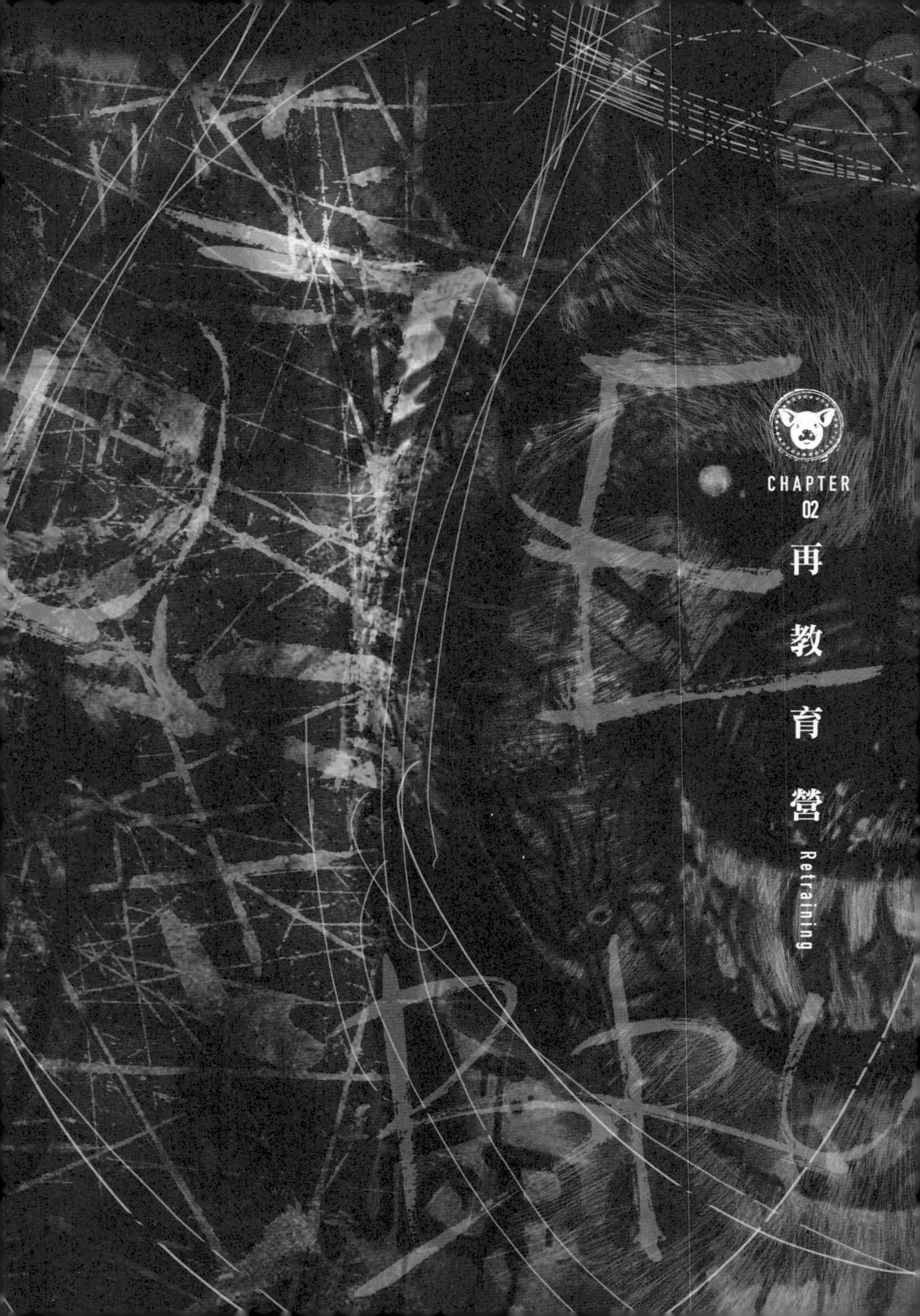

CHAPTER 02

再教育營

Retraining

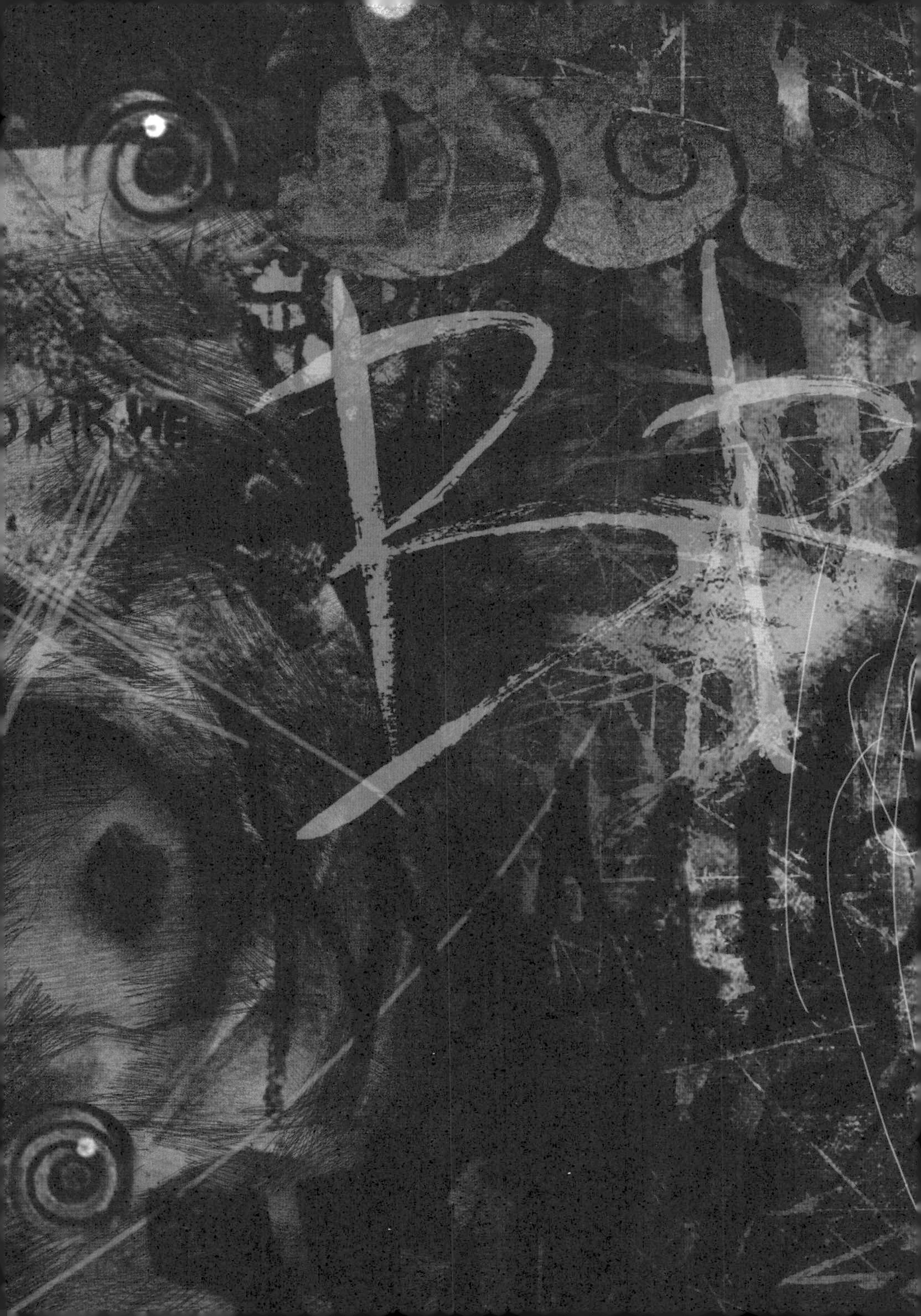

刑期即時生效。

即是說我什麼也沒法帶走，而且手臂上的手機被禁止使用，直接服刑。

也沒什麼問題呢，因為我根本就沒有親人，不會有人替我難過。不過，眼睛又開始澀了，去到「那裡」要買支眼藥水。

眼藥水對我來說，就像香煙對吸煙的人一樣重要。

很快我已經被送到碼頭，面前是一艘印著「天騰集團」標誌的船隻，像我們一樣的囚犯一個跟一個，手上鎖著手鏈被帶上船。

「走快一點！」碼頭的職員惡形惡相。

「不要！我不去！我要留下來！留下來！」

排在我後方的一個男人，他拒絕上船，還在大喊大叫。

不到三秒，數個穿著「天騰集團」制服的警衛，拿著警棍不斷打在男人的身上！

他們使用過份武力？

才不會，他們比警察更大權力，想打誰就打誰，當然，因為我們是囚犯吧，就如社會垃圾一樣。

男人已經被打到倒地不起，也許身體多處地方已經骨折，要立即送去醫院。

其中一個身穿制服，帽上有星的男人說：「送上船。」

不是送醫院，而是繼續他的「行程」。

「是，正獄長！」

男人被他們抬走，在場看著的人沒有一個敢出聲，只是繼續上船。

當然，誰會出聲逞強？人類就是欺善怕惡的生物，包括我。

那個叫正獄長的男人，在我身邊走過，我跟他對望了一眼，我禮貌地跟他點頭微笑，他也給我一個詭異的笑容。

他在想什麼？

很快，我們這些囚犯全部被送上船，別以為是什麼秋季旅行，大家也只是坐在地板上，座位、座墊的，什麼也沒有。

和我同一個船艙的囚犯，十個有九個都不似是什麼殺人放火的囚犯，看來也跟我一樣，只是犯了一些商業詐騙之類的罪行，而且，他們頭上的數目也不少，有的**FPV**甚至有過千萬。

船開始起動，我從細小的窗口看著外面的風景。

八年，我要被困上八年時間，我想起金杰問「是不是值得？」，我有想過這樣做是不是正確的選擇，不過，最後我也決定了。

囚犯的目的地在哪裡？

是哪所監獄？壁屋？石壁？赤柱？

錯了，囚犯已經不是被送去監獄，壁屋、石壁、赤柱這些監獄已經改建為旅遊景點。

十年前，香港改變了用監獄來囚禁囚犯的方法，人們希望讓囚犯同樣擁有自己的「生活」。

不過，這種「生活」，也許比被監禁在監獄更可怕。

島上某些地方，更加是「人間地獄」。

囚犯會被送到一個由3D打印出來的島上，位置就在大鵬灣的中心位置，佔地達五十一點五平方公里，大約是三個赤鱲角的面積。

這個島名為「天騰島」。

這麼大的地方，只是用來囚禁犯人？

才不是，島上還有居民，大約一百萬人左右，而且分成不同的階級，住在不同的階級範圍。

而被送到島上服刑的囚犯，就是最底層的「階級」。

看似給囚犯更好待遇的監禁方法，其實，比舊制度更「黑暗」。

為什麼我這樣清楚？因為我已經早有準備，做了不少資料搜集。

一小時船程，終於來到了這個3D打印的島。

我終於來到了……

「天騰再教育營」(Sky Retraining Camp)。

「脫下全部衣服！」獄卒說。

我們來到新入營大廈，大廈外牆還寫著「文明社會，重新做人」八個大字，我差點就笑出來。

一個真正文明的社會，是不需要跟人說自己是「文明社會」。

我跟其他囚犯脫下了衣服，大家也赤裸著身體走進一個自動灑水系統，水是冷的。

那個八字鬚，戴著一顆星星帽的正獄長走了過來。他眼定定看著我還在滴水的赤裸肌肉。

他頭上的 **FPV** 是 **$6,493,301**。

做獄長也有六百萬資產，看來也撈得不錯呢。

「我是這裡的獄長正馬能！你們這群廢物，社會的敗類，將會在再教育營改過自身！」他在我們前方踱步：「你們將會分配到不同的工作崗位，每天都要為社會帶來貢獻，知道嗎？」

「立正！」

冷氣開到最大，我們還是赤裸著身體，全身也感覺被針刺的一樣。

其中一個身體比較弱的男人用雙手抱著身體：「太……太冷了……」

正馬能一棍打在他的身上：「垃圾！這些冷也抵受不了，我怕你之後直接死在這個島上！」

他走到我的面前，跟我對望。

「你看看這個人，滿身都是肌肉，也不怕冷呢。」正馬能用手指掂著我的胸部，然後對我奸笑。

我給他一個憤怒的表情？才不是，我對著他溫柔地微笑。

「好了！現在我們會安排你們住宿與工作，明天開始，你們正式成為天騰再教育營的低下階層！」

正馬能說：「現在快去換衣服！」

我們來到了更衣室，衣服都是一式一樣的黃色衫和黃色工人褲，穿上了就像變成一條香蕉。

每個人的前方出現了畫面，畫面上寫著不同的住址與工作，每個人都分配了不同的崗位，我看著自己的名字下方……廁所清潔員。

早上八時至晚上十二時，一天工作十六小時，三餐都要在廁所吃。

媽的，這是什麼鬼工作？

「你們別以為是來渡假！」正馬能走進了更衣室，他看著其中一個囚犯的臀部：「現在給你們重新做人的機會，你們要好好把握！」

我走向了他，然後在他耳邊說話。

「獄長，我想問，有方法可以轉工作嗎？」

「你有這需要？」他對我奸笑：「進來我的辦公室，我們談談。」

我跟著他走進了辦公室，辦公室空無一人。

我看著牆上一幅裸體的抽象畫，突然，正馬能把我推到牆邊，用力地壓著我！我感覺到他的那話兒已經勃起，頂著我！

「你想要一份好工作嗎？」正馬能看著我奸笑，在我耳邊說：「那就要看你懂不懂做了。」

他的口很臭，我沒有回答他，我當然知道他在說什麼。

然後，他把我整個人調轉，我的褲子被他脫下，包括了內褲！

「操你的！你的臀部很結實！我喜歡！很喜歡！」

我感覺到一條噁心的舌頭在我的臀部遊走著，不到三十秒後……

痛楚……

我感覺到強烈的**痛、楚！**

「爽死了！他媽的爽死了！」

他不斷在我身後猛烈地搖晃！我緊握著拳頭！忍耐著那一份撕裂的感覺！

不只是身體上的痛楚，最大的痛楚是那一份……

被、侮、辱、的、感、覺！

我咬緊牙關，心中想起了父親經常說的一句說話……

畜生正馬能……

我有仇必報，我要你比死更難受！

CHAPTER 02 再教育營 Retraining

03

三個月前。

淺水灣道三層式別墅，門鈴響起。

鍾笙打開大門，看著一個帶著眼鏡的矮小中年男人。

男人托托眼鏡，看著他：「我找了很久才找到你呢，沒想到你已經長得這麼大了。」

「你是誰？」

「你應該已經忘記我了，也對，畢竟已經二十年沒見。」

鍾笙完全不明白他說什麼，也不認識這個男人，他正想說我不認識你然後關門之際。

「允昱，這一段時間，你生活過得好嗎？」男人說。

鍾允昱是他從前的名字，他父母死去後，在孤兒院時已經改名為鍾笙月，知道他本名的人已經不多。

「你究竟是誰？」

「我叫多明，曾是你父母的好朋友。」他說。

「我……父親？」

一直以來，鍾笙也當自己沒有父母，因為他們在他三歲時火災而死去，沒想到二十年之後，會有一個不認識的人走來，說出自己從前的名字，還說是父親的好朋友。

他會趕走多明？才不會，因為鍾笙的好奇心完全被引出來了。

「沒什麼，我只是剛剛從再教育營出來，想找回從前認識的人而已。」多明說：「我沒有什麼惡意的。」

「你……」鍾笙說：「你是我父母的朋友，對？」

「不只是朋友，我們是最好的朋友。」多明說：「我們在快餐店認識……」

「等等。」鍾笙做了一個邀請的手勢：「多明叔，你進來吧，我給你準備點飲品食物。」

「你這樣就相信我嗎？」多明有點愕然。

「當然，嘿，因為沒有幾個人知道我的本名。」鍾笙微笑說：「而且我單手就可以打暈你了，我才不怕像你這樣的『賊人』呢。」

「哈，你說得對！」多明摸摸後腦傻笑：「你的自信真的很像你父親！」

「我像他嗎？你可以跟我多說一點我父母的事？」

「當然沒問題！」

多明坐在高級的沙發上，喝著鍾笙準備的茶，開始說出自己跟鍾笙父母的事。

二十多年前，鍾笙月的父親鍾入矢與母親金允貞，還有另一個患有輕度唐氏綜合症的朋友賢仔一起在快餐店工作，他們經歷了很多事，一步一步向上爬，最後，更成為了愛瑞食品集團的高層。

「當一切也安定下來後，當時你父親決定離開集團，回到他最喜歡的漫畫店工作，妳媽媽當時就懷有你了。」多明說。

鍾笙心中想，他不明白父親明明有高薪厚職，卻要回到漫畫店工作，為什麼要如此笨？而且，他們就在漫畫店中死去。

在他的心中，有一份痛恨的情緒，如果沒有漫畫店，或者，他們就不會死，他就不會成為孤兒，小時候只能看著別的孩子一家團聚。

「那你為什麼會入獄的？」我問。

「之後的幾年，我被判謀殺，十五年的刑期。」他低下了頭：「我連老鼠都不殺一隻！我怎可能殺人？」

多明被人冤枉，而且計劃非常細密，所有的罪名都指向他，最後他坐了十五年的冤獄。前五年，他還是被囚在監獄之中，之後被移到天騰再教育營，渡過了餘下十年的刑期。

同時，另一個好朋友賢仔，因為出現了精神崩潰問題，被送去了精神病院，直至現在還在院中。

多明坐了十五年的冤獄、賢仔一直被困在精神病院、鍾笙的父母鍾入矢與金允貞死去，曾經最光輝的組合，曾經是故事的主角，通通也沒有好下場。

這是巧合？還是……

「允昱，你跟你父親同樣擁有『能力』嗎？」多明突然問。

鍾笙愕然，這些事他也知道。

多明告訴他，入矢擁有看到別人「人渣指數」的能力，而鍾笙也說出了自己看到FPV的能力。

「你應該是跟你父親一樣，花了很多時間去了解自己的能力吧？看見你，我好像感覺到入矢的影子。」多明說。

「多明叔，老實說……」鍾笙看著他：「我不太喜歡你說我像他，因為我根本不知道他是一個怎樣的人，而且你也不了解我的真實性格。」

「對不起，也許是我老了，不太明白你們年輕人的感受，你也說得對，入矢和允貞在你還未懂事時已經離開了，你不知道他們是怎樣的人也很正常。」多明托托眼鏡說：「不過，你父親對我來說是一個很重要的人。」

「很重要的人嗎？我明白了，還有什麼有關他們的事？」鍾笙問。

多明認真地看著他。

「你什麼也可以跟我說，沒問題的。」鍾笙說。

「我是被誣蔑而入獄，賢仔送到精神病院也是被安排。」多明樣子帶點悲憤：「而你父母的死不是意外，而是……被殺。」

本來說什麼也可以接受的鍾笙，聽到父母是被殺，不可能沒有感覺。

「他們……是被殺？有什麼證據？」

多明說出還未入獄時的事，當時，他在調查入矢夫婦的死因。

「當年，你父親的『停留二手漫畫店』門被反鎖，他們就在漫畫店中活生生被焗死。」多明說。

「你意思是有人反鎖，讓他們沒法逃出來？」

「不，才不是，如果他們是清醒的，入矢可以打破漫畫店的玻璃逃生，不過，當時他們沒有這樣做，然後被焗死。」

鍾笙好像已經知道多明想說什麼。

「只有一個可能，有人下藥讓入矢和允貞昏迷，所以他們沒法即時逃走。」多明說：「而在驗屍報告中沒有發現可令人昏迷的藥物。」

「有人做了手腳！」鍾笙說。

「我跟你的想法一樣，不過，就因為我不斷地調查，最後就連我也被冤枉殺人而入獄了。」多明說。

鍾笙完全沒想到，二十年後，會有一個人走出來跟他說出父母死亡的真相。

「會是誰想對付他們？」鍾笙問。

「當時，你父親把整個愛瑞食品集團也救回來了，他喜歡說一句說話……」多明在回憶著：「我有仇必報，我要你比死更難受！嘿，的確，他惹了很多敵人和仇家，根本就不知道是誰想對付他，不過，我在入獄前找到了一些線索。」

「是什麼？」

「天騰集團。」

愛瑞集團一直也只是經營食品的企業，不過，在十多年前開始，分支出一個完全跟食品無關的業務，就是天騰集團。

天騰集團最初是一所物業管理公司，只用了十多年，就發展出「天騰再教育營」的規模，而且完全脫離了愛瑞集團獨立上市。

「當年，除了我之外，還有一個愛瑞集團的高層幫助調查，他的名字叫伊隆麥，他是你父親認識的權勢人脈之中，人渣指數最低分的一個，就只有二十八分。不過，在我入獄之前的半年，他失蹤了。」多明繼續說：「在他失蹤之前，他跟我說有一個人跟入矢和允貞的死有關，可惜，還未查到任何證據，伊隆麥就失蹤了。」

「你說的人是誰？」

「這個人，就是開創天騰集團的人，他的名字叫……**張岸守。**」

「張岸守？」鍾笙好像在哪裡聽過這個名字。

「對，這個人，是你父親一生中看到的人渣指數最高分的人……」多明說：「入矢把人渣指數最高分定為一百分，而這個叫張岸守的男人，他的分數是……」

「一百零一分。」

CHAPTER 02 再教育營 Retraining 05

「所有事都跟這個一百零一分的人有關？」鍾笙問。

「也許是跟他的『家族』有關，現在天騰集團都是由他們的家族成員全權管理。」多明說。

「等等，我不明白，這個叫張岸守的男人，為什麼要對付你們，甚至殺了我的父母？」

「如果我沒有猜錯，因為整個愛瑞集團中，能夠阻止他們的人，就只有……你父親。」多明指著他：「只有像你父親一樣的英雄，才可以打敗整個集團。」

「英……雄……」鍾笙在思考著。

對於鍾笙來說，鍾入矢只是一個死在自己漫畫店的笨男人，對他來說根本沒有什麼養育之恩，但對於多明來說，鍾笙的父親卻是一個非常偉大的人。

鍾笙從來也沒有聽過父母的故事。

「多明叔，你可以跟我多點分享他們的故事？」

「當然可以！」

多明開始說出他們二十多年前的故事，鍾笙留心地聽著。

用了整個早上，鍾笙終於知道了自己父母的經歷，他沒想到一個笨父親，竟然會是一個這樣的人。

他內心一直討厭自己的父母，他一直也不能在一個正常的家庭生活、成長，而且成了孤兒，都是因為他們，不過，聽著他們的故事，他有了另一種感覺。

「那個叫張岸守的人，現在在哪裡？」鍾笙問。

「現在天騰家族就住在天騰島上，當然，他們是最上層的居民，跟囚犯完全不同。」多明說：「你知嗎？天騰島上的再教育營，分成五個層級，他們就是最高層級的一族。」

「如果要接觸他們……」鍾笙托著腮說。

「只可以在天騰島上跟他們接觸。」多明突然想到：「允昱，你不是想繼續調查下去嗎？你誤會我了，我不是來找你幫忙調查的，老實說，已經是二十年前的事，我只是來把你不知道的事告訴你。」

「我明白的。」鍾笙微笑：「多明叔，謝謝你把父母的事告訴我，如果有什麼需要，比如財政上的問題，我可以幫助你。」

多明叔看著鍾笙的別墅：「錢嗎？不用了，我現在只想簡簡單單生活，沒有多求什麼。」

鍾笙從來也不明白什麼叫「簡簡單單」的生活，有誰不想變得更富有？有誰不想生活得更好？有錢，才會有人尊重自己。

「對，說了這麼久，允日呢？他也生活得好嗎？」多明問。

「允日？誰是允日？」

「你的弟弟，鍾允日。」

「什麼？！」鍾笙完全不能相信：「我有一個……弟弟？！」

「你不知道嗎？在入矢與允貞死前的三個月，誕下了允日！」

「等等……」鍾笙拿出了唯一一張相片，相片中就只有他與父母三人：「我從來也不知道自己有一個弟弟！」

不只這樣，在他父母留下的東西中，也沒有鍾允日的任何東西。

「看來……好像有點古怪……」多明說。

「嘿嘿。」鍾笙搖搖頭苦笑，他站了起來：「多明叔，謝謝你告訴我的事，不過，看來我不能答應你不去理會這些事了！」

「難道你真的想……」

多明想起了入矢，入矢的性格，就是要做到最盡、查到水落石出。現在他的兒子，也許跟他的父親有同樣的性格！

「天騰島嗎？再教育營嗎？」鍾笙看著落地玻璃外的藍天，他露出了一個奸險而自信的笑容：「我就來跟他們玩玩！」

＊鍾入矢與金允貞等人物的故事，請欣賞孤泣作品《人渣》與《賤種》。

CHAPTER 02 再教育營 Retraining

06

在天騰島過的第一個晚上。

我被安排住在輕罪犯宿舍，三個人一間房，沒錯，是那個畜生正馬能的安排。

用我的「身體」換回來的安排。

房間就如二十年前的劏房一樣，只有床褥與衣櫃，其他什麼也沒有，而且牆身也發黃。

我回憶起跟多明叔的對話。

「你看看他，是不是瘋子？剛才為什麼會對著牆奸笑？」房間內的一個囚犯說，在他的黃色衣服上印著名字「譚永超」。

「一個奸險又自信的笑容！」另一個比較老的男人說，他叫陳企叔。

我回頭看著他們，他們像見鬼一樣，身體向後傾。

年輕的頭上的 **FPV** 是 **$9,313**，年齡比較大的是 **$49,031**。

「鍾笙月。」我跟他們微笑說。

「你……你好，我叫譚永超。」比較瘦削的男人說。

「我叫陳企叔，你可以叫我企叔！」年長白髮的那個男人說：「你第一天來應該不太習慣吧。」

「還好。」我拍拍像從來沒有洗過的床墊：「至少不是睡木板。」

「輝仔就是在你睡的床死去的！」譚永超說。

「永超！別要嚇壞他！」企叔大叫。

「死去？為什麼會死？」我問。

「老弟，你還是別要問，總之聽聽話話工作，很快就可以回去的了。」企叔說。

要聽聽話話嗎？完全跟我的性格相反呢。

企叔走到我身邊，坐了下來。

「我已經在這裡生活了七年，不是說笑的，聽聽話話沒犯什麼大錯就可以出去了，我還有兩個月就可以回去。」他說：「不過，如果總是想搞什麼小動作，這裡就會變成你的……『地獄』！」

然後他指指自己的耳朵，每個囚犯耳上都有的銀色東西，所有入住再教育營的囚犯，耳朵已經安裝了一個裝置，這個裝置可以用來懲罰犯錯的囚犯。

至於是什麼懲罰，暫時我也不知道。

「我明白了，謝謝你的提醒。」我說。

他們兩個向我說明和解釋天騰島的種種東西。

再教育營共分成五個等級，包括囚犯、下流、中流、上流，還有最有權有勢有錢的「天騰人」，就像北京的「環」一樣，在島中央的就是天騰人，然後是上流、中流、下流，在最外圍的就是我們囚犯所住的地區。

「在最外圍可以看到海，有海景也不錯呢。」我看著窗外的大海。

「你以為！」譚永超說：「他們會把污水垃圾排放到最外圍的海上，就算有沙灘也不可能游水，而且經常發出垃圾臭味。」

的確，從我來到島上後，一直也嗅到垃圾的味道，只不過我已經習慣了這臭味。

陳企叔繼續說人口流動的問題。

我們囚犯因為工作的關係，需要去到其他的「環」上班，但我們只能使用指定的交通工具，而且只可以在工作範圍活動，不能離開。

「如果離開工作範圍呢？」我問。

他們兩個對望了一眼：「你將會得到懲罰，而且可能要加監！」

「是這樣嗎？」

「你千萬別要得罪這裡的島管，還有那些上流的人！」譚永超像在恐嚇我一樣：「不然一世都不能回去！」

「他，是不是就是因為這樣才會……」我指著我將會睡上八年的床：「死去？」

他們瞪大了眼睛看著我。

然後一起點點頭。

去你的……

我的心跳加速，不是因為我害怕，是因為……我心情他媽的非常興奮！這個白痴島，一定隱藏著不少的秘密！

「你這個眼神……」企叔看著我的雙眼：「很詭異呢！」

他們也看得出來嗎？

沒錯，那個奸險而自信的表情……

又再次出現在我的臉上！

CHAPTER 02
再教育營
Retraining
07

凌晨四時。

譚永超和陳企叔已經睡著，他們說得一點也沒錯，第一晚，我沒法入睡。

我看著天花板上的水漬，看來雨天這裡應該也會漏水。

聽過錘入矢的故事之後，我總有一種不服氣的感覺，一個這麼笨的男人，怎可能打垮整個食品集團？

我覺得如果是我，我也可以。

現在我的處境，就好像在孤兒院時一樣，一開始什麼也沒有，我一定可以一步一步向上爬，然後走到那些天騰人的身邊，查出父母被殺的真相。

這個再教育營低下層的人，沒法跟外界聯絡，根本就沒有人知道他們被如何對待，更正確的說，就好像之前睡在這個床位的男人，別人都覺得他只是一個囚犯，死了也不會可惜。

根本就不會有人想知道這個島的情況，外面世界的人，都只是忙著賺更多的錢，才不會理會這裡，是生是死，根本跟他們無關。

當然，那些當什麼也看不見的賤人，包括了我。

我記得十年前，政府說要興建一個「和諧的島嶼」時，我根本就沒理會，直接一點說，就是……關我屁事。

社會最可怕的不是文不文明、和不和諧，而是……**漠不關心**。當大多數人都只會為了自己的利益而當什麼也沒看到時，社會變得如何富裕也好，都只不過是一個虛偽的社會。

不過，就因為每個人都在「貪」，我才可以「騙」，愈多貪心的人，我愈容易找到目標。

我絕對會……**不擇手段去達到我的目的。**

我看著那個快要掉下來的鐘，四時十五分。

是「約定」的時間。

我走到窗前，在不遠處的地方，電筒在一閃一閃。

是給我的訊號。

別當我是白痴，我怎會什麼也沒準備就來到這個白痴島呢？

我穿上了外套，走出了房間。

宿舍的建築，就像六十年代的徙置區一樣，樓高六層，沒有升降機，共用廁所。走廊只有昏暗的燈光，牆上還貼著「節約用電」的標語。

我相信上流的住宅還是燈火通明，我們這裡就要節約用電嗎？世界從來不公平，「公平」兩個字，只不過是那些有錢人用來維護自己利益的藉口。

我走下了樓梯，從四樓來到地下。

「你在做什麼？」

突然有人在我背後大叫，我回頭看，是宿舍的島管，他的手上拿著一支警棍。

「我上廁所。」

「上廁所？你在騙誰？」他凶神惡煞地說。

「你怎麼欠了三十萬？」我看著他的頭上：「是不是賭馬輸了？」

「什麼？！」

我走向他：「做個白痴島管有多少月薪？還最低還款額你都要還幾年吧。」

「你在說什麼？」他的緊握警棍。

「要不要我幫幫你還債？」

「你這個死囚犯！別要這麼囂張！」

他一巴掌打在我的臉上，然後用他的警棍揮向我！

我一手捉住他的手臂！

同一時間，本來在我手臂內的手機功能，再次生效。

「過數十萬給他。」我說。

不到半秒，島管頭上的數目增加了十萬！他看看自己手臂上的錢包。

「多了十萬元！十萬！」他高興地說。

「選擇一，你當什麼也看不見讓我離開，我再給你二十萬；選擇二，你盡忠職守把我捉回去，我什麼也不會給你。」我誠懇地微笑：「你的選擇是？」

「你……」

「還有還有，你還要跪下來向我道歉。」我摸摸自己的臉頰。

「你給我二十萬！不然我告發你帶錢進來島上！」

「你反過來威脅我嗎？」我走到他耳邊說：「我也可以說你收受賄款，到時錢又沒有，工作也沒了，你可以怎樣還債？快選擇吧，如果你想一拍兩散，沒有人可以阻止你。」

他呆了一樣看著我。

我的「武器」是什麼？才不是一支警棍呢，我的武器就是……錢！惡臭的金錢！

他會盡忠職守，把我捉回去嗎？盡責地維持宿舍的規則？做人的原則？

三秒後，這個宿舍島管……

跪了下來。

「對……對不起……」

「乖。」我說：「現在開始，你就暗地裡替我工作，到時你的好處多不勝數呢。」

我看著剛才發出電筒光的方向。

那個給我訊號的人，是我在島上安排的內應，沒什麼，我就是想要他幫我買眼藥水，還有新鮮的食物，明天就給我兩個新室友吃一個豐富的早餐。

有錢使得鬼推磨？對，我的「鬼」都很喜歡推磨。

我看著還跪在地上的島管，暗笑了。

看來這個鬼地方……很適合我生活呢。

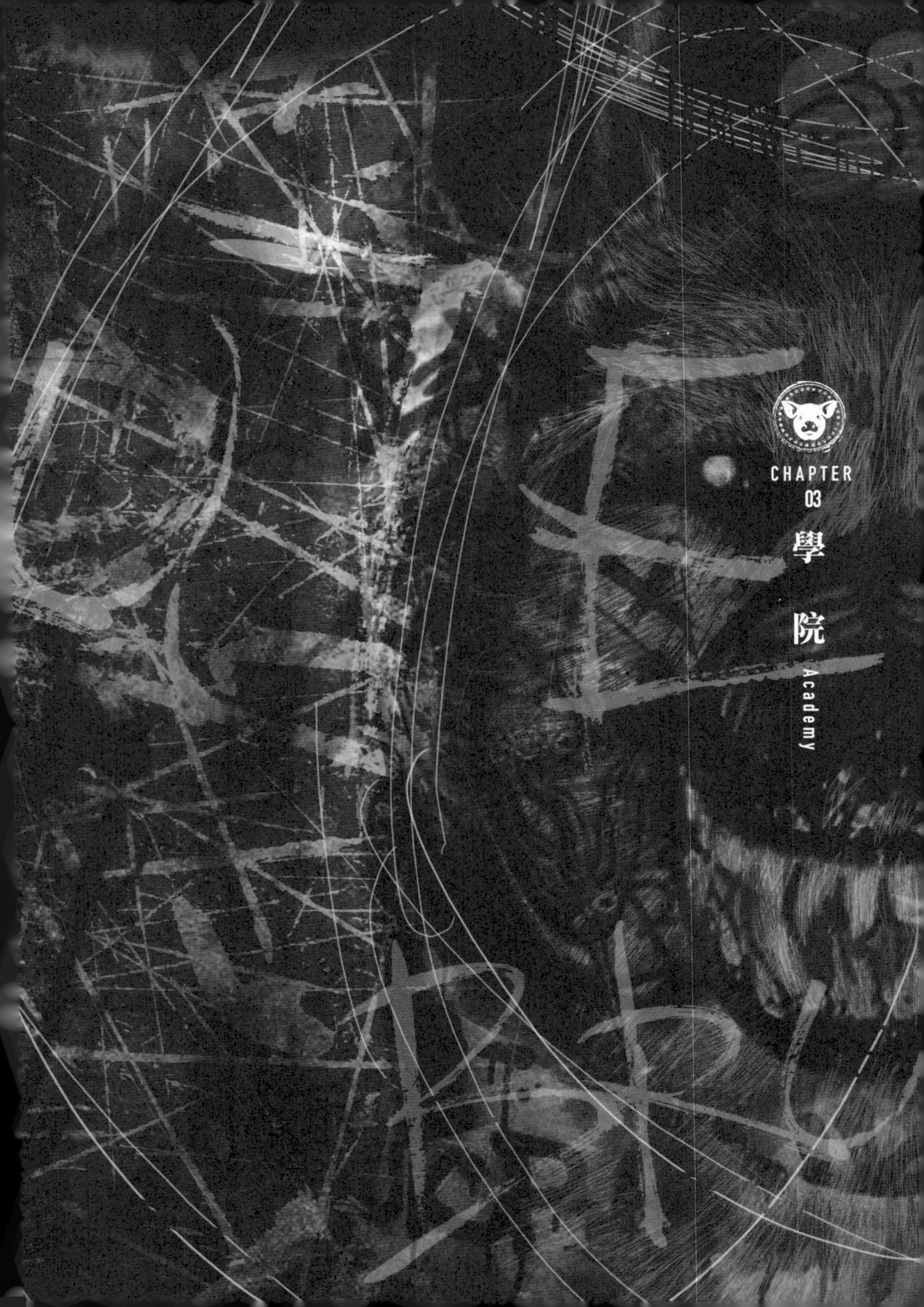
CHAPTER
03
學院
Academy

CHAPTER 03 學院 Academy 01

早上，下流社區。

因為囚犯都統一穿著黃色的囚犯服，街上的人一眼就知道囚犯的身份。

為什麼他們願意住在這個天騰島上？跟囚犯一起生活也沒問題？很簡單，因為這裡的房租比外面的便宜多了，而且只要住在島上，就可以得到一份工作。大部分的工作都是大機構的生產線，比如製衣、安裝電子零件等等低薪酬的工作。

一百萬人的島上，大家都安於現狀地生活著。或者，這樣的社會，就是想要「聽聽話話」的居民。

聽企叔說，除了這些生產線工作，還有一些他也不知道是在做什麼的，企叔說有些女囚犯的工作，就是把白紙過膠，又或是拆除手錶等等奇怪工序，她們都不知道自己其實是在做什麼，只要不斷重複又重複。

一般的居民工作可以得到薪金，而像我們這些囚犯，只有強迫勞動，沒有薪金，只有三餐。

下流社區的環境，就像二十年前的旺角一樣，有排出廢氣的汽車、有小販在叫賣、有派傳單的人，環境非常嘈吵。

路人頭上的「底價值」最多只有幾萬、幾千，而至少有三成人都是負數。

因為我跟永超和企叔分配的工作不同，他們都在下流社區工作，他們教我坐車之後先行離開，我在巴士站等車。

「死監蔓走開吧！」

我看一看排在我身後的大叔，監蔓就監蔓吧，幹嘛要加個「死」字？

「我想去……」

我還未說完，他用手指指著我的頭：「去你媽！這不是你們這些人坐的巴士！死去一邊吧！」

在巴士站等車的人都用鄙視的眼神看著我，沒有人教我要怎樣坐車。

嘿，住在這裡的人，比我生活的城市更冷漠。我都說了，世界從來也沒有改變過，見高拜見低踩已經是習以為常的事。

就在此時，有一個人輕輕拍我的背，我回頭看。

「你的巴士在那邊。」一個女生說。

她的頭髮很淩亂，臉上有污跡，衣服都像很久沒有換過一樣。

「乞兒！監蔓！快走開吧！」一個女人叫著：「很臭！」

然後其他人一起加入，罵聲四起。

「你跟我來！」她拉著我的手：「我帶你去。」

我沒有說話，跟著她走到巴士站最外的車站。

「以後你就在這裡坐車，這班車會環繞整個島一周，可以在你的目的地下車。」她回頭跟我說。

我繼續眼定定看著她。

她的臉很美，只不過是因為沒有打扮，而且臉上都是污跡，別人才看不出她是一位……美人兒。

「你在看什麼！」她尷尬地避開了目光：「我走了！」

「等等。」

這次到我拉著她。

「怎樣了？我沒有煙，也沒有錢，別要問我借錢，我什麼也沒……」

「謝謝妳。」我微笑說。

她呆了一樣看著我。

或者，她已經很久沒聽過別人跟她道謝。

「鍾笙月。」

她不明白我在說什麼，她想了一想才明白：「甄夢飛。」

甄夢飛？因……夢飛？

「我走了！再見！」

她甩開我的手，然後從小路離開，我看著她的背影。

除了被她的外表吸引，還有她頭上數字。

她的**FPV**數目是……

……

…

．

$1,190,381,021。

十一億九千萬。

CHAPTER 03

學院

Academy

02

上流地區。

天騰女子美術學院。

在十年前開辦的美術學院，只用了十年的時間，成為了世界上數一數二的知名美術學院，很多有錢人都給孩子來到學院寄宿就讀，能夠在天騰女子美術學院畢業的學生，都能打入美術界的主流。

當然，入讀這所上流社會的學校，都是非富則貴的上流人子女。

女子畫班的美術室內，牆上掛滿了畢業學生的油畫與水彩畫作品，全部都栩栩如生。

畫班的老師叫陳彩英，二十七歲，她非常漂亮，散發著一種充滿藝術氣質的女人味。

「這學期水彩畫得到最高分的同學是……」陳彩英老師說：「柳麻子！」

本來得到最高分，應該會得到同學的掌聲，不過，課室內卻非常平靜，就只有幾雙妒忌的眼睛，一直看著那個柳麻子。

陳老師展示著柳麻子的水彩畫作品，是一隻打破了的雞蛋，蛋黃下滿是流出來的蛋白，如果是從上方俯瞰，你完全看不出是畫，以為是真實的雞蛋。

柳麻子的作品，直接得到了滿分。

「老師是不是盲的！怎可能給麻子滿分！」其他女同學輕聲地討論著。

「對！只不過是一隻臭雞蛋！」另一個女學生說。

「別要這麼大聲，麻子會聽到的！」

「怕什麼？靠獎學金才可以入讀的窮人，我最討厭這些窮鬼！」

坐在前方的柳麻子當然聽到，她很想回頭大罵她們，不過，她知道自己不能這樣做，如果要畢業，她絕對不能惹出什麼禍來。

「下一次的油畫習作，將會計算在期末的成績，大家要努力啊。」陳彩英微笑說：「現在下課，各位明天見。」

老師離開後，班中最有錢的女生張貴香走到柳麻子的水彩畫前。

「只不過是一隻爛臭蛋！為什麼可以拿最高分！」她一手把水彩畫推倒在地上。

柳麻子沒有說話，只是走到水彩畫前把畫拾起。

已經不是第一次，柳麻子一直也被其他同學欺凌，她為了完成學期畢業，一直也在忍氣吞聲。

「垃圾妹，就像你家人一樣，只會拾垃圾！」另一個有錢女朱呂芳，看著蹲下來拾畫的她。

「我真的懷疑妳是不是跟其他男老師上床，才可以入讀這所學校！」張貴香繼續揶揄她。

柳麻子沒有理會她們，把畫放好，然後準備離開課室。

「喂！妳是聾的嗎？我們跟妳說話！」朱呂芳說。

柳麻子看了她一眼，好像鄙視著她們的幼稚行為，這樣更讓這些千金小姐更加生氣。

張貴香用原子筆，在柳麻子純白的校服上畫著：「啊！對不起啊，不小心畫到了！」

朱呂芳在另一邊同樣地畫了一筆：「我也不小心！」

「不如大家也一起『不小心』吧！」張貴香吩咐著其他的同學。

本來，一件校服沒什麼特別，但柳麻子的校服就只有一件，都是她媽媽拾垃圾變賣，辛辛苦苦儲錢買給她的，麻子非常珍惜這件校服。

除了是一件校服，它還代表了媽媽為她的「辛勞」。

「不要！不要！夠了！」柳麻子雙手擁抱著自己，像是保護著這件校服。

可惜，那些怕得罪有錢女的同學，一起在柳麻子的校服上一筆又一筆地畫著。

「真的對不起啊！」張貴香扮作可憐她說：「快脫下來吧，我幫妳洗！」

「不……不用了……」麻子低下頭說。

「快脫！快脫！快脫！快脫！」

同學們沒有阻止欺凌的發生，反而高興地一起大叫著。

「香香叫妳脫呀！妳快脫！」朱呂芳一手扯著她的校服。

「不要！」

麻子用力甩開她的手，同一時間，校服的衣袖被撕了下來。

「啊！芳芳，妳真不小心呢，這個窮鬼只有一件校服，妳這樣她明天穿什麼回來學校？」張貴香用手指篤著麻子的身體。

「妳來求我吧，求我給妳一件校服！我就無條件送妳一件新的校服！死窮鬼！」朱呂芳說。

麻子……流下了眼淚。

她很生氣，不過她也知道自己不能得罪張貴香她們。

「妳在哭什麼？不不不，可能她就是用眼淚和身體去引誘男老師，才可以來這裡讀書！大家把她的校服扯下來！讓她裸著身體見老師！」朱呂芳高興地說。

正當大家準備出手之際，門前出現了聲音，女同學一起看著美術室的門口。

「他……他是誰？」

「啊？為什麼不繼續？繼續吧，我也想看看少女的裸體，嘿。」在門前的他高興地說。

他穿著黃色的工人褲，用地拖棍托著手，一直也看著她們欺凌麻子。

他是新來的校工……

鍾笙月！

CHAPTER 03

學院

Academy

03

鍾笙月被安排的工作，就是在這所美術學院做校工，雖然一天工作十六小時，不過怎也比洗廁所好多了。

「很英俊。」其中一個女學生說。

「是帥哥！」另一位學生說。

女校男生，無論是不是真的英俊，只要是男生就會特別受歡迎，更何況鍾笙真的是一位大帥哥。

「帥又如何？不也是囚……囚犯！」張貴香說。

「對！」朱呂芳總是像手下一樣，和應她。

不過，她們兩個只是口硬心軟，她們看到鍾笙後，立即撥頭髮，整理儀容，明顯少女心都牽動了。

「今天就算了，我們回家吧！」張貴香說。

其他的女同學也跟著她，一起離開美術室，她們在鍾笙的身邊經過，鍾笙用鼻子嗅嗅她們。

「很香，少女的香味。」他微笑。

「變態！」

張貴香看了他一眼，鍾笙跟她單單眼，她的臉也紅了。很明顯，鍾笙特別留意張貴香，因為她頭上的數目非常多。

美術室內只餘下校服被扯爛的麻子。

「妳沒事嗎？」鍾笙問。

她抹去眼淚逞強地看著鍾笙：「我沒事！」

然後像一支箭一樣離開了美術室。

「什麼地方都有欺凌事件呢。」鍾笙看著她離開。

為什麼他看到麻子被欺凌，沒有第一時間出手救她？他在盤算著什麼？

「喂！」鍾笙叫了一聲。

麻子回頭看著她。

「**有病的人不是妳，而是她們。**」

鍾笙說完話後離開，麻子看著他背影，思考著……他的說話。

天騰女子美術學院宿舍。

因為麻子沒有錢，她只能住在最低級的宿舍內，宿舍就如雜物房一般。

她在共用的浴室中，用力地擦洗校服上的筆跡，可惜沒法完全擦走。

她一面擦，眼淚一面掉在洗手盆的污水之中。

「媽媽，對不起。」

麻子的爸爸在她小時候拋下了她們兩母女，八年前，因為麻子媽媽沒法找到工作，所以決定搬到天騰島上。因為她窮，只能被安排到島上最惡劣的地方生活。

有人會正視這些貧富懸殊的問題？有的，但少之又少，大部分的人都只是口中說說的窮人很可憐，然後又繼續大魚大肉。

虛偽的社會。

麻子的媽媽依靠拾荒維生把她養大。麻子在美術方面非常有天份，甚至可以說是天才，幾經辛苦，媽媽用了畢生的積蓄把麻子送到上流社會的美術學院，還把能吃飽的錢，買了一套校服給她，麻子對校服珍而重之。

「為什麼爸爸要掉下我們？為什麼我們要這麼窮？為什麼窮人就要被欺凌？為什麼？為什麼？！」

她很想大聲地說，可惜，她知道自己不能吵醒其他人。

麻子連發洩的權利也沒有。

她內心怪責上天給她的遭遇，她埋怨自己是窮人的孩子。

突然，她想起了鍾筌的說話。

「有病的人不是妳，而是她們。」

這句說話是什麼意思？

一個只有十四歲的少女，會明白嗎？

也許，曾經被欺負的人，才會真正明白這句說話的意思。

「麻子，妳要加油！」

她抹去淚水，擠出了微笑。

CHAPTER 03

學院

Academy

04

第二天早上。

麻子繼續穿上還未乾透的校服上學。校服又殘又舊，而且原子筆跡還未完全擦掉，手袖依然是爛掉，不過，麻子決定繼續穿著媽媽買給她的校服上學。

經過的同學都用奇怪的目光看著她，還要小聲講大聲笑，在說著她的壞話。

她來到了學院門前，一個訓導老師擋著她不讓她進入，他姓男。

「妳怎樣了？衣衫不整，不能進入校內。」男老師說。

「我……」

「垃圾妹，沒錢買校服就不要上學了。」

她身後的同學在說，是張貴香，正好回到學校。

男老師會訓斥張貴香？才不會，因為他知道張貴香的家族就是天騰島最有財有勢的人。而且他的爸爸捐了不少錢給學院，只要張貴香說一句，他老師也沒得當。

男老師不敢跟她說下去：「快……快回校吧。」

張貴香用一個鄙視的目光看著麻子，然後走回學院，麻子也想走入學院時，男老師再次阻止。

「不行，妳衣衫不整，不能回學院。」他說。

老師當然可以給她放行，但他知道如果讓麻子入校，他會得罪張貴香那群有錢的大小姐。

明明就是張貴香弄污她的校服，現在卻不讓她回去，麻子已經不知道要怎樣做。

「讓她進來吧。」陳彩英老師走了過來：「沒問題的，麻子妳跟我來，我有多出的校服。」

男老師看了一看她：「但……」

「有什麼問題由我來負責。」陳彩英給他一個淩厲的眼神。

陳彩英把麻子帶到員工的更衣室，然後給她一套校服。

「這是妳師姐留給我的，可能有點不合身，妳穿上試試。」陳彩英說。

「但我沒有錢買。」麻子說。

陳彩英摸摸她的秀髮微笑說：「不用錢，老師送給妳的。」

「謝謝妳陳老師！」麻子感激她。

「好了，我先去忙，妳換好就回去課室吧。」陳彩英說。

她離開了更衣室。

這個幫助麻子的漂亮女人，她四歲時遇上鍾笙月的爸爸鍾入矢，當時入矢看到她的「人渣指數」有八十二分，是「賤種」的級數。

不過，隨著她慢慢長大，她小時候的人渣指數慢慢地下跌，二十多年後，她成為了一位善良的老師。這代表了，每個人不一定是……「永遠的人渣」。人，還是可以改變的。

可惜，鍾入矢已經沒法知道這件事了。

彩英曾經也是欺凌別人的那一位，她當然知道麻子被欺凌的痛苦，不過，她也沒法阻止一切的發生，因為帶頭欺凌她的張貴香，是天騰集團創辦人的姪女。

張岸守的姪女。

在這個天騰島上，沒有人可以得罪天騰集團的人，他們是最高高在上的，得罪他們根本不會有好結果。

她不是不想阻止，而是沒能力阻止。

「小心！」

彩英想得太入神，在走廊差點被一個地拖絆倒。

「老師下次要小心走路呢。」

說話的人是新來的校工鍾筀月，他正在清潔走廊。

彩英看了他一眼，然後點頭微笑，鍾筀繼續他的工作。

彩英離開，突然又回頭再看一眼鍾筀月，他覺得鍾筀很面熟，好像在哪裡見過他。

她暫時不知道，這個男生，就是鍾入矢的兒子。

欺凌者是病人，欺凌也是一種「病」，這種病會一直蠶食人的理性。

欺凌事件會完嗎？

才不會，這些「病人」會一直用不同的方法去折磨與欺凌別人，讓自己渺小的心靈得到安慰。

不成功，不罷休。

這就是他媽的……「人性」。

三天後。

CHAPTER 03

學院

Academy

05

美術室內。

一班女生正包圍著麻子，包括朱呂芳和張貴香。

在地上，放著一幅被刮爛了的香港風景油畫，這幅油畫是天騰集團捐贈給美術學院的名畫，市值至少五百萬。

現在油畫已經被破壞，變得一文不值。

「麻子妳太過份了！妳知道這幅畫值多少錢嗎？為什麼要弄爛它？」朱呂芳說。

「對！一定是妳做的！這是我們家捐出的畫，妳一定很恨我所以破壞它！」張貴香指著她說。

「我……我沒有！不是我！」麻子知道油畫的價值，她非常害怕。

「有誰看到麻子弄爛這幅畫來洩憤？」張貴香回頭看著班上的其他女生。

大家也因為怕成為下一個被欺凌的對象，紛紛舉手。

「妳看，大家都看到是妳破壞的！」朱呂芳說：「我們去告訴校長，到時妳一定被休學，還要賠錢！」

「不要！真的不是我做的！」麻子捉著朱呂芳的手臂。

朱呂芳用力甩開她的手，麻子整個人掉在地上！

「如果不想我們告發妳，妳就脫下校服吧！」張貴香奸笑：「我都說老師偏心才會給妳拿高分，現在還送校服給妳！妳根本就只是個死窮鬼，有什麼資格學美術？回去拾垃圾吧！」

「脫衣！脫衣！脫衣！脫衣！」

在旁的女生一起大叫。

「是不是……我脫了就可以？」麻子眼中泛起了淚光。

「沒錯！我就是不讓妳穿著我們的校服！快脫！」張貴香說。

完全是無理的要求，不過，根本就沒有人會覺得有問題，因為張貴香已經支配了整個班房。

麻子一面流淚一面脫下身上的校服，女同學都在助興叫好。

很快，她已經把上衣與校裙通通脫下，露出了雪白的肌膚。

「這樣可以了嗎？！」麻子雙手抱著自己的身體。

「可以？當然不行！」張貴香拿出一支雙頭筆：「大家想寫什麼就寫什麼！」

她開始在麻子身上畫著，其他的女生也一起來畫。

「妳別要動！不然要妳賠錢！妳跟男人睡一世也賺不回那幅畫的錢！」張貴香狠狠地說。

很多人都說人命很矜貴，但比起一幅名畫呢？如果一個窮人和一幅價值連城的名畫從高處掉下，只能救一個人或一幅畫，大家都會救誰？

人命很矜貴？只不過你有身份地位才會矜貴。

同學一個又一個在麻子雪白的身體上畫畫寫字，麻子的身體不停地顫抖。

賤人、窮鬼、妓女、屎、人渣、賤種等等，最不堪入目的字都寫在麻子的身上。

此時，那位在學校門前的男老師正好經過美術室，他看到麻子被欺凌。

走上前去叫停她們？

錯了，他當什麼也沒看到，直接經過美術室，他不想得罪張貴香等人，如果因為這樣而掉了工作，他怎能養育兩個孩子？

世界上，誰不是自私的？

人類總是給自己無限個藉口說什麼「無能為力」之類，其實根本就是自私地為著自己著想。

這位男老師，會這樣教育自己的孩子「見死不救」嗎？才不會，他會教育孩子要幫助有需要的人。說一套，做的又是另一套。

這就是人類的……「虛偽」。

麻子全身都被寫上侮辱的字眼，她一直在流淚，卻沒有喊出聲，也沒有向張貴香求饒。

麻子用一個怨恨的眼神看著她，讓張貴香更憤怒！

「死賤人！」

張貴香控制不了自己的情緒，拿起了一把美術用的刀……

「貴香，這樣好像……有點過份了……」朱呂芳在旁說。

「什麼過份？！」張貴香憤怒地看著朱呂芳。

朱呂芳害怕得退後了一步！

張貴香手中的美術刀一揮，麻子的背上出現了一道血痕！

麻子痛苦地大叫，用力抱著自己的身體！

張貴香才不會放過麻子，她在麻子的背上不斷揮刀，至少出現了五六道血痕！

「夠了！這樣她會死的！」朱呂芳終於鼓起勇氣走上前，捉著張貴香的手。

張貴香在自己的手臂也劃了一道傷痕！

「大家看到吧！是麻子先用刀攻擊我，我才會反擊！」她的臉上出現了一個兇惡表情：「妳們知道要怎樣說了嗎？」

大家也驚慌地點頭。

她掉下了美術刀，看著麻子奸笑：「快把這垃圾送去醫療室，我們是救她的好同學！」

麻子背上的血水，流向了張貴香的腳邊，她一點都不害怕。張貴香的臉上，出現了一個像夜叉一樣的可怕顏藝表情！

現在的她，根本就不是一個人，而是一隻……

可怕的**畜生**！

一小時後。

麻子的事已經傳遍了全校，大家都認為她在妒忌張貴香，才會攻擊張貴香，最後自討苦吃。

美術學院校長室內。

彩英已經生氣得拍打桌面：「柳麻子背上劃了五六刀，張貴香手臂才只有一道刀痕，而且當時柳麻子被逼脫下校服，很明顯她是被欺凌的一位，為什麼是她的錯？！」

看到麻子的遭遇，她已經沒法忍受下去。

「但同學都說是柳麻子先出手，張貴香同學只是自衛。」校長說：「而且男老師也曾經經過看到柳麻子在恐嚇其他同學。」

「對，當時我以為只是同學之間小小的衝突，沒有理會，沒想到會演變成現在這樣。」男老師說：

「我應該在她們吵架時勸阻她們。」

「看來得把柳麻子開除了。」校長說。

「你們……」彩英已經不知道可以說什麼。

誰也看得出校長和男老師一定是得到了什麼好處才會這樣說，張貴香就是天騰家族的一份子，他的父親每年都捐贈巨款給美術學院，校長自己也撈到不少油水，他絕對不能得罪她。

「彩英老師，請妳別要這樣激動了，妳還是當什麼也不知道，繼續做妳的美術老師就好。」男老師說。

彩英已經說不出話來，在她面前看到的，不是人，而是一隻只為了名利的臭豬，還有只為了利益的賤狗！

她只看到兩隻畜生！

她沒有多說，回頭離開了校長室，而且用力地關上大門。

「這樣的態度嗎？校長，你得看看之後的日子要不要雇用她了。」男老師得戚地說。

校長用一個凌厲的眼神看著他：「你在教我做事嗎？」

「不敢！不敢！」

「我有我的分數，你先出去吧！」校長說：「關門時輕力一點！」

「知道！知道！」

他們是「同道中人」？才不是，畜生永遠不會跟畜生成為真正的朋友，除非可以得到自己的利益，當利己的情況出現問題，畜生只會變成畜生的「敵人」。

就好像一個買賣股票的群組一樣，賺錢時大家都叫對方做「兄弟」，但蝕錢時「猜疑」就會出現，大家都會猜測是不是那個人叫我買入，然後自己賣出來「套我」？

當猜疑出現，關係破滅，大家開始數臭對方。

這就是現實世界，這也叫做……

「畜生農莊」的日常生活。

CHAPTER 03

學院

Academy

07

醫療室內。

「柳麻子呢？」

彩英來到了醫療室，本想找麻子，但她不在。

「我幫她止血治療傷口後，她就離開了。」學校的醫護說。

「這樣就跑出去？」彩英很驚訝。

「陳老師。」醫護走到她身邊輕聲說：「雖然柳麻子沒有生命危險，不過她背上一定會留下疤痕。這次事件我不知道誰對誰錯，不過，如果繼續下去，我怕會出現更可怕的事。」

「我明白妳的意思。」彩英點點頭。

「其實，退學也許是最好的選擇。」醫護女士說。

彩英沒有說話，她明白醫護的好心，但一個這麼有天份的學生，就這樣放棄她嗎？

她自己也不知道答案，她只想找麻子聊天，希望可以安慰一下她。

彩英沒在醫療室找到麻子，決定到學院的後院走走，她的心情也不好。

是不是自己給麻子滿分，讓其他的同學妒忌她？是她的錯？

她一直在耿耿於懷。

彩英走到了後園的休息處，在一張長椅上，她終於找到了麻子，不過，在麻子身邊還有一個人！

「他是……」

穿上鮮黃色工人褲的他，是在走廊碰到的那一個男人！

他是……鍾笙月！

彩英立即走了過去：「麻子，妳沒事嗎？」

他們兩人微笑地看著她。

微……微笑？她還以為麻子會很痛苦，為什麼她反而看來很高興似的？

「鍾笙月。」男的伸出了手：「麻子有提到妳了，陳彩英老師。」

彩英跟他握手：「為什麼……提到我？」

「因為老師把校服送我。」麻子把染了血的校裙提起：「對不起，我會洗好校服上的血跡。」

「為什麼……」

「妳是想說『為什麼你們看上去會這麼開心嗎』？」鍾笙搶著說：「因為，將會有值得開心的事發生。」

「是什麼事？」彩英非常疑惑。

鍾笙看了麻子一眼，麻子點點頭說：「老師是整間學校，唯一對我好的人。」

「很好。」鍾笙立刻站了起來，走向了彩英身邊在她的耳邊說：「報、仇。」

彩英不明白他的意思，因為鍾笙只不過一個囚犯，他有什麼能力替麻子報仇？

「有仇必報，我要他們比死更難受！」鍾笙說。

同一時間，彩英記得小時候也曾在一個人的口中聽過類似的說話！

她再一次近距離看著鍾笙。

很像……很像一個人。

「鍾入矢？」

這次，到鍾笙呆了一樣看著她：「妳怎知道這個名字？」

「因為他曾請我吃麥提莎。」彩英笑說。

「麥提莎？」

「先別說這個，你說的報仇是什麼意思？」彩英看著麻子：「那些欺凌她的學生……」

「噓，輕聲一點。」

然後，鍾笙說出了他的計劃。

這一刻，彩英和麻子根本就不知道鍾笙是一個怎樣的人。

他們絕對不會知道，他是一個為求目的不擇手段的……畜生。

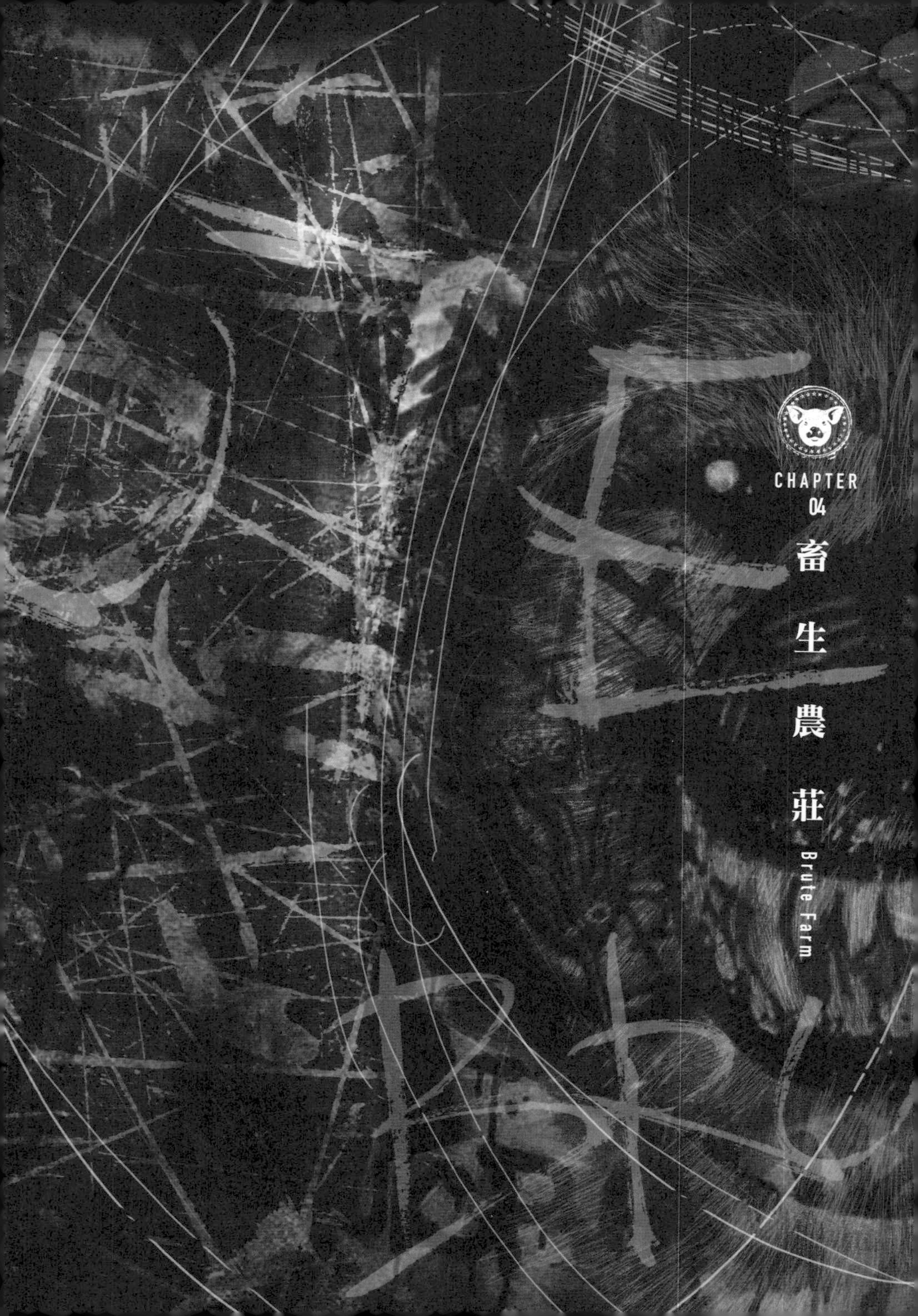
CHAPTER
04
畜生農莊
Brute Farm

CHAPTER 04 畜生農莊 Brute Farm 01

一星期後。

麻子沒有上學，因為背傷的關係，她暫時只能留在宿舍。

彩英每天都會來宿舍私人教導她，而且因為麻子沒法自己治理背傷，彩英還會替她塗藥膏和換新的紗布。

彩英輕輕地撫摸著麻子背上紅色的疤痕，她的眼淚在眼眶中打轉，她完全沒法相信，只有十四五歲的張貴香會這麼狠毒，下手如此重。

她更自責自己沒法幫到麻子，現在她只能把事情交給一個囚犯，也是一個故人的兒子。鍾笙告訴她，二十年前鍾入矢已經離開了這個世界。

麻子一面用水彩在畫板上畫畫，彩英就在她背後替她塗藥膏。

「老師，妳說的麥提莎是什麼意思？」她問。

「小時候老師是一個很壞的孩子，我總是要鍾笙月的父親買麥提莎給我吃。」彩英回憶起往事。

「沒想到她會是你朋友的兒子。」麻子說：「而且蠻英俊的。」

麻子回頭看著彩英，她們一起微笑了。

「我畫好了。」麻子說。

麻子看著水彩畫，是一個小女孩與一個男生在打鞦韆的畫面。

沒錯，他們就是小時候的彩英，還有鍾笙的父親鍾入矢。

「太美了，麻子妳真的很有天份！」

「可惜，我可能沒法再在美術學院上學了。」麻子失望地說。

麻子當然知道自己現在的情況，而且窮困的她，已經接受了自己不幸的命運。

「放心吧，鍾笙月應該可以幫妳的，我相信他。」

彩英想起了他，那個傻呼呼，卻帶點正義感的男人，鍾笙的父親，微笑了。

她看著麻子的畫，再次想起了小時候的往事。

鍾笙月像他的父親？有正義感？是好人？

她……錯了，大錯特錯。

鍾笙月跟鍾入矢剛剛相反，他才不會有什麼……「正義感」。

他只會為求目的，不擇手段！

別忘記，畜生……是不會有正義感的。

另一邊廂的女生宿舍。

這所宿舍可說是比五星級的酒店更豪華，跟麻子的天花漏水宿舍有天淵之別。

朱呂芳與張貴香這些有錢女就是住在這裡，她們兩個人住在這所有兩層的宿舍。

今晚，有一位不速之客來到了她們的豪華宿舍，他是……鍾笙月。

鍾笙因為一早已經收買了自己宿舍的島管，不需要依時回去。在這裡，他甚至不用再穿著黃色的囚犯服。

鍾笙在她們的門前，跟她們對話。

「你說的話是真的嗎？」朱呂芳說。

「當然是真的！」他手上拿著一個細小的瓶子。

「那個賤人麻子！」張貴香非常生氣：「原來她想對付我！」

鍾笙點點頭奸笑。

他本來的計劃，是想把小瓶內的安眠藥加到張貴香她們的飯菜之內，因為她們兩人每天都會在美術學院的高級VIP房吃午飯，鍾笙觀察到送食物來的都只不過是一些女囚犯，他本想把安眠藥放入張貴香她們的食物之中。

「為什麼要放安眠藥？」朱呂芳問。

「妳還要問嗎？」鍾笙微笑。

鍾笙拿出了一支筆，不，不是筆，而是一台高像素相機，他準備拍下她們兩人的……裸照。

「不用怕，現在我就是想告訴妳們她的計劃。」鍾笙說。

「為什麼你要告訴我們？」張貴香疑心很重。

「我當然站在妳的一方，難道我真的會幫助那些死窮鬼嗎？」鍾笙奸笑，露出了雪白的牙齒：「現在我出賣她來告訴妳，我想，對我未來也會有好處吧，是不是？」

鍾笙根本就不是想幫助麻子！

他反過來利用了麻子，獲得張貴香的信任！

為什麼要這樣做？

很簡單，因為他要調查父母被殺的事，就要接近天騰集團，而張貴香就是創辦人的姪女，這絕對是最好的切入點。

「我一定會教訓她！」張貴香非常憤怒。

「不用麻煩妳，我已經想到了方法。」鍾笙說：「她很信任我，所以我可以反過來拍她的裸照！」

張貴香看著露出奸險表情的鍾笙：「我喜歡你的方法！就這樣決定！」

「拍片拍相什麼也拍，然後放上色情網。」鍾笙說：「到時她還有什麼面目見人？可能死了會更好！」

「她自殺？」張貴香奸笑：「好主意！」

「我們何時去拍她？」朱呂芳高興地說。

「還等什麼？」鍾笙說：「現在就去！」

麻子的宿舍。

有人敲門，她打開了門，是鍾笙。

「這麼夜？你不用回去自己的宿舍嗎？」麻子說。

「我跟島管是好朋友，所以不用回去。」鍾笙說：「其實我就是有點事要做，才沒有回去，而且巴士尾班車也開了，我想問妳可不可以讓我在妳這裡暫住一晚？」

「但如果被發現……」麻子在猶豫。

「我明晚就去張貴香那裡進行我們的計劃！」鍾笙微笑，提起了一個便利店膠袋說：「就給我住一晚吧，我買了零食飲品之類的，我們一起吃吧！」

麻子再想了一想：「好吧！你快進來，不然被發現就麻煩！」

鍾笙走進麻子的宿舍，雖然很簡陋，不過，房間還是有不少少女的擺設，還有麻子畫的畫。

「妳真的很有天份。」鍾笙看著她的畫作：「我不懂畫畫，也覺得妳畫得很美。」

「謝謝讚賞。」麻子可愛地笑說。

「傷口好了嗎？」鍾笙坐在地上，拿出了飲品：「還有痛嗎？」

「老師每天都來幫我塗藥膏，已經好多了，不過還是有一點點痛。」麻子也坐了下來。

「那就好了。」鍾笙把飲品遞給了她：「我想起小時候，偷偷走入女朋友的房間，然後躲在被窩內不讓她的父母發現。」

「你當年幾多歲？」

「我想十四五歲吧。」

「跟我差不多！你真壞啊！」麻子說：「現在妳又躲在少女的房間了！」

「妳這丫頭別要亂想，我對沒發育的少女完全沒興趣。」鍾笙喝了一口飲品。

同時，麻子也喝著那罐橙汁。

「你可以分享一下你的故事給我聽嗎？」麻子說：「我想畫一幅有關囚犯的畫。」

「我的故事？也沒什麼，我是在孤兒院長大的。」

「孤兒院……」

就在此時，麻子感覺到一陣暈眩的感覺！

「為什麼，我好像……」

她乏力倒在地上，鍾笙一手把她接住。

「麻子啊，麻子啊。」他摸著她的頭髮，收起了笑容：「對不起了。」

鍾笙……下手了。

他放下了昏迷的麻子，然後打開了宿舍房門。

「怎樣了？成功了？」在走廊的朱呂芳問。

「已經暈死了，嘿。」

「很好！」張貴香立即走入房間，她看著麻子：「妳這個賤人！」

她一腳踢在她的身上。

「妳們快脫下她的衣服吧。」鍾笙拿出了筆型相機：「我已經準備好了，嘰嘰。」

「好！我們來！」朱呂芳說。

她們兩個人合作把麻子的衣服脫下，連內衣也脫下。

鍾笙已經急不及待，舉起了相機拍相拍片，什麼都拍，他就像一個專業的攝影師一樣，用不同的角度拍下麻子的裸體。

「我對妳這些未發育的少女沒興趣，但很多男人卻非常喜歡呢。」鍾笙的表情非常淫邪。

最後一張相片，是把麻子反過來，在她雪白的背上，留有數道疤痕。

「藝術品。」鍾笙不禁地說。

他們拍下了麻子的裸照後，離開她的宿舍房間。

「我會把影片放上色情網！」鍾笙看著立體投射的相片：「還會寫著『天騰女子美術學院學生』之類的標題！」

「好！到時大家都知道裸照的本人就是她！」朱呂芳高興地說。

「鍾笙你做得好！」張貴香眉飛色舞：「我會替你說好話，然後叫他們給你更好的工作！」

「等等，妳們這樣就覺得高興了嗎？」鍾笙從衣袋拿出一些東西：「還有下半場呢。」

「這是……迷幻蘑菇！我在網上見過啊！」朱呂芳說。

「要不要試一下？」鍾笙看著張貴香。

張貴香有點猶豫，因為她的家人從來不讓她碰這些毒品。

「妳怕？」

「我才不怕！」

「很好！」鍾笙高興地說：「我保證妳們會非常喜歡！」

一小時後。

張貴香她們的豪華宿舍內。

有人說，「迷幻蘑菇」能夠把人的思維傳送到異次元世界，不過，有很多地方卻把它納入為「非法毒品」。

為什麼鍾笙會得到這些迷幻蘑菇？

就是早前他的宿舍內應給他的，除了眼藥水，還有這些蘑菇。

「哈哈哈哈~怎麼你的臉變成了正方形，好像**LEGO**人！」朱呂芳已經產生了幻覺。

「我是**LEGO**士兵！」鍾笙舉起手敬禮。

「嘿嘿，我看到了你……你後方的牆在旋轉~旋轉呀！」張貴香也出現了幻覺。

「你為什麼看著我的頭上？」朱呂芳指著鍾笙問。

「因為妳頭上寫著**$4,921,011**！」

「白痴！哈哈！真的很白痴！」

她們進入了迷幻的狀態，加上拍下了麻子的裸照，讓她們非常開心。

「未來……一定要好好……關照我呢……」鍾笙看著張貴香說。

「要我繼續幫你這個監躉說好話嗎？」張貴香伸出了她的腳：「你來舔我的腳趾吧，哈哈哈！」

「舔腳趾！舔腳趾！舔腳趾！」朱呂芳高興地助興。

鍾笙用一個朦朧的眼神看著她。

「等等。」張貴香用腳踏在一堆垃圾之上，還沾了一些廚餘醬汁與煙灰。

張貴香吸了一口煙，把煙吐在鍾笙的面上：「美男，舔吧。」

一個人要怎樣才會放下尊嚴，舔別人的腳趾？或者，對於某些人來說，根本不需要尊嚴。

鍾笙月為了達到目的，什麼也肯做！

他蹲了下來，開始舔著張貴香的腳趾。

黏上醬汁與煙灰的……腳趾。

「你這個人真的超噁心！超噁心！」朱呂芳大笑。

鍾笙月一面舔一面還微笑著，張貴香甚至想把整隻腳掌伸入他的嘴巴中，他依然照單全收，一直落力地「表演」。

對於鍾笙來說，更噁心的東西也舔過了，他才不會放過被張貴香信任的機會。

「鍾笙，我愛死你了！哈哈哈！」

張貴香一直以踩在別人的頭上而得到滿足，把別人像螞蟻一樣踩死，她才會得到快感。

半小時候，朱呂芳已經呼呼入睡，只餘下張貴香與鍾笙月。

「喂，妳想不想得到更高級的快感？」鍾笙迷迷糊糊地說。

「你想跟我上床？」只有十五歲的張貴香，看來已經有不少經驗。

「才不要，我對未發育的小妹妹完全沒興趣呢。」

鍾笙把一顆粉色的蘑菇放入口中咀嚼，他伸出舌頭說：「直接舔在傷口上，會更HIGH！」

「真的嗎？」張貴香愈來愈神志不清。

鍾笙捉住了她的手臂，然後用舌頭舔在她手臂的傷口上。

舔在她自殘來誣蔑麻子的手臂之上。

「會很有感覺的，相信我。」鍾筌笑說。

「我相信你。」

張貴香心中想，這個為了利益可以像狗一樣的男生，未來一定要好好利用。

一定要。

他們互望笑了。

……

…

．

兩天後。

各大色情網頁出現了大量的少女裸照與影片，在裸體少女的雪白背上，還有數道刀疤的傷痕。

在標題上，是寫著……

「藝術學院學生裸照公開」。

CHAPTER 04

畜生農莊

Brute Farm

04

「畜牲」。

是指六畜三牲。

古代三牲為牛、羊、豬，而六畜則包括牛、馬、羊、狗、豬、雞，泛指人類飼養的獸禽類別，我們都會叫牠們為「畜牲」。

「畜生」。

意指一個品德低劣的人；貪贓枉法，偷呃拐騙之徒，通常都是用來罵人的說話，而在我們身邊的朋友中，至少有**36%**都是「畜生」。

當然，低級的畜生很容易給你發現，不過，有更多的衣冠禽獸，你沒法得知他背後是一隻連豬都不如的畜生。

高等級的畜生，通常有幾個特點。

外表端莊、知書識禮、悲天憫人、在人前表現得非常友善。

「妳」甚至願意把「妳」一生的幸福交到他的手上，但他背後卻是經常偷食。

「你」甚至願意把「你」一生的積蓄交給她代你投資，當然，最後夾帶私逃。

在你身邊充斥著不同「品種」的畜生，比牛、馬、羊、狗、豬、雞還要多，這個為了自身的利益而傷害別人的社會，我稱之為……**「畜生農莊」**。

如何在這個畜生農莊生存？

很簡單，就是**比那些畜生更畜生。**

我手臂上的手機響起。

「接聽。」我說。

「鍾筌，已經安排好了，全部上了主頁。」她說。

「識到妳真好，方便多了。」我高興地說。

「別跟我來這套，你早前介紹給我的日本囡囡真的不錯呢，很聽話。」

「那就好了。」

別以為色情網的幕後老闆都是男人，沁戴恩才是亞洲最大色情網的主持人。每當我聽到別人說把女人「賣落火坑」我就會偷笑，我介紹給她的女生全部都是自願的，只是想找個渠道賺快錢，甚至希望拍

AV成名，根本就從來沒有強迫她們。

當然，全部都是成年人。

用自己的身體換取金錢，只是那些以為自己道德高尚的人才會覺得是錯，其實，你情我願時，又有什麼問題？

不不不，那些道德高尚的人，最後不也是去嫖妓和上網看色情片嗎？

「你給我那些片的標題要不要改改？『藝術學院學生裸照公開』好像不太吸引。」沁戴恩說：「不如就改成『學生妹初夜之誘惑』吧。」

「妳知道我的『目標觀眾』是什麼吧。」我笑說。

「好吧，明白了，就聽你的。」沁戴恩說：「最後，我想多問你一次……」

「不行。」我暗暗一笑說：「雖然我不介意赤裸給人看，不過我不想做AV的男主角。」

她一直也在遊說我拍AV。

「那做女主角吧。」

「BYE。」我笑著掛線。

我打開了手機上的立體網頁，瀏覽沁戴恩的色情網。

麻子的相片，放在主頁的當眼處。

「好了，應該可以成為一時佳話呢。」

我穿上了黃色的外套，準備回到美術學院。

真正的下半場，現在才……正式開始。

CHAPTER 04 畜生農莊 Brute Farm

05

天騰女子美術學院門前。

一星期過去，麻子終於再次回到學院，這次，她身上的校服已經清潔好，像雪一樣白。

麻子再次成為了學院的焦點，同學們都把目光放在她的身上。

在門前的男老師看著麻子，麻子給他一個凌厲的眼神，男老師心虛地躲開避免跟她眼神接觸。

「柳麻子同學，請……請妳到校長室一趟，校長要見妳。」男老師說。

麻子沒有回答他，直接走過。

在班房門前，彩英老師已經在門前等待著，她溫柔地跟麻子微笑。

她們一起微笑了。

麻子坐回了自己的坐位，其他同學也在議論紛紛，沒有人敢走去問麻子的身體如何，而這兩天，

朱呂芳與張貴香也沒有上學。

「老師，我要去校長室。」

「好，我跟妳一起去。」

她們兩人一起走去校長室。

手牽著手走著。

「進來吧。」校長聽到敲門聲說。

她們走進了校長室，男老師也在。

「柳麻子，首先希望妳可以早日康復。」校長說。

彩英一聽到就知道這不過是虛偽的說話。

「今天叫妳來，就是想告訴妳，因為妳犯了天騰女子美術學院的校規，所以我決定將妳即時休學。」校長說。

「即是……我已經不是美術學院的學生？」麻子冷冷地問。

「沒錯！校長就是這個意思！」男老師代校長說。

「另外，彩英老師，因為同學投訴妳比分不公，偏袒某些同學，所以希望妳要注意一下。」校長說：「要做一個優秀的老師，應該要公平對待每一個學生。」

「公平？助紂為虐就是你說的公平嗎？」彩英生氣地說。

「彩英老師，妳怎可以這樣對校長說話？！」男老師說。

就在此時，校長室的門被人用力地踢開！

「是誰？！是誰這麼沒禮貌！」男老師說。

「對著你們這些畜生，我需要什麼禮貌？」他說：「畜生啊畜生，難道我劏你來食時，還要跟你說什麼禮貌嗎？」

他是……鍾、笙、月！

「你這個囚犯怎會走來我的校長室？！」校長拍打桌子。

「媽的。」鍾笙沒有理會他，只看著校長室的佈置：「你就在這舒適的環境工作，我呢？清潔工的地方就像狗屎一樣，公平嗎？」

「你在做什麼？！快出去，這裡不是囚犯來的地方！」男老師指著他：「GET OUT！」

「不是囚犯來的地方？」鍾笙說：「那你很快就不能來了！」

「我叫保安過來。」校長準備按下桌上的電話。

鍾笙走上前，用力按下電話的收線掣！

「你想做什麼？！快放開你的臭手！」校長憤怒地吼叫。

「校長，我想問你，你真的想把柳麻子趕走？」鍾笙看著他說：「這是最後一次機會。」

「校長趕不趕走學生又關你這死囚犯什麼事？」男老師說。

鍾笙回頭，用一個兇狠的眼神看著他，男老師被嚇到退後了半步！

「監甍，你剛才不是說了嗎？這裡不是囚犯來的地方。」鍾笙奸笑：「不是像你這些囚犯來的地方！」

「你……你在說什麼？」

此時，校長的私人電話響起，校長看了一眼，是一個重要的人來電。

「校長，還不快聽電話？」鍾笙說：「快聽吧，你可能很快就會改變主意！」

校長接聽了電話。

他一邊聽臉色一邊變得鐵青：「是是是……這樣……明白明白……但……」

此時，鍾笙看著麻子與彩英，他們一起笑了。

等等，為什麼會這樣？

鍾笙不是已經出賣了麻子嗎？而且還把她的裸照放上各大色情網，為什麼現在他們會一起微笑？

「不！不是我！不關我的事！」校長緊張地大叫：「我會的……會的，我會找出有問題的老師。」

聽到這裡，校長看著男老師，男老師好像感覺到有什麼不妥。

「知道了，我知道要怎樣做了。」校長的語氣像狗一樣聽話：「那我先掛線了，再見。」

掛線後，校長室的氣氛好像一百八十度改變！

「柳麻子……」校長低下了頭說：「你休學的事暫時取消，妳可以繼續在天騰女子美術學院上學。」

「校長……為什麼……」男老師驚訝地問。

「你！」校長指著他：「有學生投訴你明明在出事那天看到她們兩人爭執，卻立即走開！你身為老師怎可以這樣做？！」

「這……」

「由現在開始你永久停職！本美術學院永不錄用你！」校長生氣地說：「之後會有島管的人員調查事件，如果查明是你的過失而導致學生互相傷害，你將會被判監！」

「什麼？！」男老師哭著臉大叫。

在「畜生農莊」社會中，沒發生什麼事時，大家也相安無事，但當出現了問題，就會互相傷害，當然，比較高級的豬會把責任全部推卸到低級的豬身上。

「你沒聽到校長說嗎？」鍾笙面上出現了一個畜生一樣的笑容：「現在誰是監躉？你為什麼還留在校長室？監、躉、快、點、出、去、吧！」

「校長你先聽我說！」男老師大叫。

「死開一邊！」校長說。

男老師蹲了下來抱住校長的小腿，校長一腳把他踢開！

然後校長打出電話，叫保安員把男老師拉走！

但為什麼同樣是囚犯的鍾笙不用走？

鍾笙像大爺一樣，坐在高級的沙發上：「校長，你不趕我這個監躉走嗎？」

「別傻了，我怎會趕走你！」校長笑得像狗：「你幫助我找出問題老師，我應該要多謝你！哈哈！」

「那你是不是要跟彩英老師道歉？」鍾笙點起了煙：「她才是優秀的老師。」

「彩英老師，真的對不起，我怪錯了妳！」校長向她鞠躬道歉。

「麻子呢？不只是張貴香是受害者，麻子也是受害者，不是嗎？你還要趕她離開學院？」鍾笙問。

「才不會！休學的事就當我沒有說過吧！」校長說：「對不起，麻子同學！」

彩英走了上前，然後……一巴掌打在校長的臉上！

「妳……」

「正畜生。」她冷冷地說：「你只是向人搖頭擺尾的狗。」

校長沒有回答她。

鍾笙拍手：「打得好！打得好！」

校長聽完一個電話後，一百八十度改變了態度，究竟發生了什麼事？

一切一切都是……

鍾笙的「計劃」。

……

…

．

一星期前。

鍾笙和彩英，來到了麻子的宿舍。

「你要拍下麻子的裸照？怎可以，她還是未成年少女！」彩英聽到鍾笙的計劃後非常反感。

「老師，沒問題的，我可以接受。」麻子說。

「如果不是這樣，就沒法獲得張貴香她們的信任，我遇過太多人渣了，我最清楚他們的想法。」鍾笙說：「而且我只用我的相機拍攝，相片不會對外流出。」

他們繼續聽著……鍾笙的計劃。

他要得到朱呂芳和張貴香的信任，就要先出賣麻子。

如何出賣她？

就是反過來跟張貴香說，拍下麻子的裸照與影片，然後放上色情網，讓相片與影片永遠在網上流傳。

那天晚上，鍾笙成功得到她們的信任，開始他的「第二步」計劃。

彩英一直聽著鍾笙的計劃，心中出現了一份寒意。她看著這個樣子英俊的男生，他竟然會想出這樣的方法。

「老師。」麻子牽著她的手：「我已經決定了，所以希望妳不要阻止我們。」

「畜生是需要教訓的！」鍾笙說：「不，應該說是……教育，讓她們知道，不可以再這樣欺凌別人。」

彩英明白他的說話，其實她在中學時，就是得到了一次教訓，她才可以改過自身。

「我明白了，我不會阻止你們。」彩英說：「不過，請你別要同樣傷害張貴香她們，可以嗎？」

鍾笙給她一個讚的手勢：「當然沒問題！」

……

…

·

鍾笙跟兩個女學生舉行迷幻派對的第二天。

鍾笙已經離開，只餘下她們兩個少女。

「呀！！！」張貴香瘋狂大叫：「為什麼……為什麼會這樣？」

「發生什麼事？！」朱呂芳問。

她看著張貴香的手臂傷口發黑，就像中毒一樣！

「為什麼會這樣……為什麼？！」

張貴香想起了昨晚，鍾笙曾舔過她手臂上的傷口！

「是鍾笙月！」

張貴香立即打電話給他。

「啊？是張貴香大小姐嗎？我還未睡夠，晏一點再打來吧。」鍾笙打了一個呵欠。

「我的手臂！你……你昨晚……」張貴香緊張地說。

「啊？半天就發作了嗎？」鍾笙不慌不忙地說。

「什……什麼意思？」張貴香的汗水流下。

「妳還不去看醫生？如果再遲了，我怕妳要……」鍾笙說：「截肢！」

「你在說什麼？你有心讓我變成這樣？我才不會放過你！」張貴香非常生氣。

「請放過我吧，我要去睡，**BYE**。」

鍾笙掛線，張貴香再打電話給他已經沒有人接聽。

「現在……現在怎樣辦？」朱呂芳看著生氣的張貴香。

「快送我去醫院！」張貴香聲嘶力竭地大叫。

一小時後。

皇室般的私家醫院，只有上流社會的人才有錢入住看病。

「這似是特製的氰化鈉，就是燙金用的溶液，毒性非常劇烈，加上塗在妳的傷口之上，毒素更快走入妳的血管之中。」醫生看過張貴香的手臂搖搖頭：「如果不是塗在傷口還好，你手上的傷口是怎樣來的？」

張貴香呆了。

這個傷口就是為了誣蔑柳麻子而自己用美術刀割下的，現在，反而成為了她的致命傷口！

「別要說這麼多廢話！快醫好我！」張貴香說。

「現在只有兩個方法，一就是找到劇毒的解藥，只要有專門用的解藥，毒性就會慢慢地消失，二就是只能……截肢，不讓毒素蔓延全身。」

聽到「截肢」兩個字，張貴香整個人也呆了。

此時，她的手機響起，是鍾笙月打來。

「去看醫生了嗎？」鍾笙月問：「我很擔心妳啊！」

「你這個死監躉！快給我解藥，不然我報警說你下藥！」張貴香大罵。

「我已經是囚犯了，坐多幾年監又如何呢？現在聽到你罵我，心也痛了，我需要冷靜一下，再見。」鍾笙扮作痛苦的聲音。

「等等！別掛線！」

「啊？大小姐，妳不會再罵我了嗎？」鍾笙問。

張貴香沒有回答她。

「如果妳想要解藥，很簡單，妳只要照我的說話做就好了。」

或者，在電話中她看不到鍾笙的樣子，鍾笙現在的樣子，簡直就像……

坐上太空船飛出太空一樣興奮！

為什麼我要進修藥劑課程，成為藥劑師？

很簡單，因為我知道有藥物的技能，在未來日子必定有用。

來到今天，大派用場。

現在已經不是張貴香這些小朋友可以控制的範圍，我就是要逼出天騰集團更高層的人，當然，幫助麻子報仇，也是讓我出手的原因，一舉兩得。

下午，上流地區的一所高級法國餐廳。

本來我可以換上其他的整齊衣服，不過，我決定穿回我的黃色囚犯服，我想我是這裡第一位穿上囚犯服進入餐廳的人。

食客都用詭異的目光看著我，嘿，我最喜歡這種看不起我的眼光，嘿！

我來到了一間VIP房，房門外有兩個黑衣人在守衛著。

「你們為什麼一定要穿黑衣？是不是看電影多了？不如換成我的黃色吧。」我看著那個黑衣人說。

「請進。」他幫我打開了大門。

我走進房間，一個方臉的男人已經等待著我，在他身後，又是一個黑衣人。

這個方臉男，應該就是找上我的那個人，張貴香的父親，張賓實。

他是天騰創辦人張岸守的弟弟。

在他頭上的FPV數字是……$10,092,101,019，一百億！

我全身也起了雞皮疙瘩，我很久沒見過這麼高的數字！

「說吧，要多少錢？」他托著頭說：「只是小朋友之間的遊戲罷了，別要浪費時間。」

「小朋友的遊戲嗎？妳女兒在別人身上割了五六刀，這叫小朋友的遊戲嗎？」我反問。

「多少？」他再問，很明顯想快點打發我。

「一百億。」我說。

本來目無表情的他，臉部出現了變化。

「你是瘋了嗎？」在他身後的黑衣人說。

「妳女兒的手臂不值一百億嗎？」我問。

「哈哈哈哈！看來你真的是白痴！」張賓實大笑：「想勒索我一百億？現在你下毒的事如果我跟警方說，你一世也不能離開這個島！」

「牛至。」我說出了兩個字。

他立即收起了笑容。

牛至(**Origanum vulgare**)，又名披薩草，是一種唇形科植物，有藥用的價值。

「你告發我嗎？那你也有危險了。」我笑說。

在我身後的黑衣人立即拔出手槍指著我！

「你知道了什麼？」張賓實認真地問。

「這不是重點。」我微笑說：「你可以一槍打死我，不過，如果我死了，你的『事業』也完了，全世界都知道你做的非法勾當。」

我當然不會什麼也沒做就來見他，我知道一定會有危險，已經早有準備。

「不過，不得不讚你，這門生意都給你想到，怪不得你會這麼有錢！」我收起了笑容：「把自己的快樂，建築在別人的痛苦之上！」

「你再敢說……」黑衣人說。

張賓實再次露出了笑容，然後把黑衣人的手按下：「你真的蠻有趣呢，說吧，你想要什麼？」

「我不需要錢，我只需要讓柳麻子繼續在美術學院讀書。」我身體傾前：「而且，別再讓妳的女兒再欺凌她。」

「就這麼簡單？」

「就這麼簡單。」

「沒問題，解藥呢？」他問。

「我會把藥方發給你。」我站了起來：「我有事要忙，下次再聊吧。」

我沒多說半句，轉身離開了。

第二步計劃，跟天騰家族扯上關係……成功了。

我相信未來的日子，他們已經知道有我這個人存在。

有我這個……

鍾入矢與金允貞的兒子存在！

「對，還有一件事！」我突然回頭。

他用一個兇狠的眼神看著我。

「放心吧！只是一件很簡單的事！」

我高興地笑說。

鍾笙月進入天騰島的三天前。

大生加密貨幣兌換中心。

周金杰、冰孝奶與榮仔回到已經空置的兌換中心。

「你說什麼？！」冰孝奶非常驚訝：「你出賣鍾笙，都是鍾笙的計劃？」

「那一則留在秘密區塊鏈的訊息，鍾笙給你們留下的留言不是說了嗎？區塊鏈上的訊息沒法修改，我又怎會騙你們？」周金杰說。

「五……五百萬！」榮仔大叫：「鍾笙傳了五百萬的比特幣給我！」

「我也有！」冰孝奶說。

「他說錢先給你們，之後要幫助他。」周金杰吐出了煙圈。

「為什麼鍾笙要這樣做？」冰孝奶問：「為什麼要入天騰島？」

「應該是有關他父母的事。」周金杰說：「我不會多問他的事，而且你們也知道鍾笙從來也不做無謂事，總之，我們幫助他就可以了。」

「我記得你說過他在十五歲那年失蹤了，後來幾個月後再次出現，他有跟你說過當時發生什麼事嗎？」冰孝奶問。

「沒有。不過，之後他整個人也改變了，變成現在的那個他。」周金杰說：「小時候他只是跟我偷呃拐騙，那年之後，他不再只騙小數目，而是像現在一樣都是大金額，而且絕不手軟。」

「鍾笙哥真的很厲害，這麼忙還要進修，成為了藥劑師、程式設計師，甚至是高級廚師！看來我們這些普通人根本不能相比。」榮仔說。

「你知道就好了，是時間分配問題吧，你拿打機的時間去讀書，應該已經考到醫生牌了。」冰孝奶莞爾。

「才不要！打機是我的生命！」榮仔說。

「之後我們要怎樣幫他？」孝奶問金杰。

「妳先調查一下鍾笙給我的資料。」金杰給她看文件。

「畜生……畜生農莊？牛至？什麼意思？」孝奶看著加密的立體影像。

「我也不知道，總之就是調查一下吧。」金杰再跟榮仔說：「在天騰島不能用手機對外聯絡，你幫鍾笙想方法連線吧。」

「沒問題！」榮仔說：「電腦方面交給我吧。」

「手臂上的手機功能不是會完全停止嗎？」孝奶問：「你怎跟他聯絡？」
「孝奶，妳不知道嗎？」榮仔問。
「知道什麼？」孝奶反問。
「鍾筅的右手曾經斷了，現在是人造的機械義肢。」金杰說：「跟我們普通的手臂電話不同，可以對外連線。」
「什麼？！我真的不知道啊！」孝奶說。
「總之，這個衰仔還隱藏著很多秘密就是了，不過……」金杰看著他們說：「他最信任的人，就是我們。」
孝奶跟榮仔點點頭。
「好吧，我已經找到了新的地方，我們就為這個死仔『畜生月』，一起工作吧！」

醫院的私家病房內。

張賓實跟鍾笙見面後，來到了張貴香的私人病房。

一個「疼愛」女兒的父親，當然立即從遠方來探他的女兒。

「爸……」

「啪！」

張賓實一巴掌摑在張貴香的臉上！張貴香的臉頰腫了起來。

「妳怎會他媽的惹上了那個人？！」張賓實非常生氣：「妳跟妳媽一樣總是給我添麻煩！正賤人！」

張貴香摸著自己的臉頰流下眼淚。

「對……對不起……」張貴香口也在震。

為什麼張貴香會有欺凌別人的性格？很明顯，很大部分的原因都是來自他的父親。張貴香從小已經經常被父親毒打，讓她學習到，欺凌比她弱小的人。

張貴香這樣對麻子值得原諒嗎？

不，絕對不值得原諒，不過，張貴香性格扭曲的原因，卻不是由她來決定。

有錢就可以快樂嗎？或者，不是每個人都認同。

「大黑！」張賓實吩咐身後的黑衣人。

「是？」

「幫我調查一下那個仆街仔！」張賓實露出一個顏藝般的可怕表情：「未來，我一定要他像狗一樣跪下來求我放過他！」

CHAPTER 04
畜生農莊
Brute Farm

10

男老師被解雇後的一天，美術室內。

我跟張賓實說要做的最後一件事，是一件「很簡單」的事。

今天，美術室的大門關上，我、麻子，還有朱呂芳與張貴香都在。

是我叫張賓實約她們來到這裡。

我看著驚慌的朱呂芳，她只不過是張貴香身邊的嘍囉，今天的主角不是她，而是在她身邊非常憤怒的張貴香。

她的手臂包紮著。

「對不起！」朱呂芳向著麻子鞠躬道歉：「而且我代班上的同學一起道歉！」

沒錯，我要求的最後一件事，就是要她們向麻子道歉。

道歉有這麼重要嗎？

對於我來說其實完全沒必要，不過，對於麻子來說，卻是非常重要。

「妳呢？啞了嗎？」我對著張貴香說。

「對不起。」她眼看別處，輕聲地說。

「我聽不到。」麻子認真地看著她。

「妳還想我怎樣？！」張貴香憤怒地看著麻子。

「我想要妳一個真誠的道歉！」麻子泛起了淚光：「現在我背上永遠留著疤痕，我要對我下手的人，就是妳！向我真、誠、地、道、歉！」

對於男人來說，疤痕根本不算什麼，但對於一個少女來說，這幾道疤痕，不只是普通的傷口，而是痛苦的烙印。

「你說我不真誠？！我已經很真誠地……」

就在張貴香想繼續反駁之時，一個我也沒法明白的畫面，出現在我的眼前。

我也看呆了。

麻子擁抱著張貴香。

全場……也安靜下來。

「只要妳向我道歉，我不會再追究，我會原諒妳！」麻子的眼淚流下：「我知道妳變成現在這個模樣，不是妳的錯！或者是妳的家人、妳的身份、妳的出生等等，但怎樣也好，請妳向我真誠地道歉！

我求求妳！」

原諒，就是，放下。

麻子就是明白這一點。

要一世去痛恨一個人會快樂嗎？我想，才不會。

張貴香聽到她這番說話後，不禁流下眼淚。

我不知道麻子是不是說中了什麼，在這一刻，那個倔強又自大的大小姐張貴香……

「對……對不起！」她哭得很大聲：「麻子！對不起！是我錯了！對不起！」

她真心地向麻子道歉了。

我不明白麻子的做法，甚至不認同她這樣就原諒一個人的想法，不過……

她的方法好像很不錯呢，嘿。

三個女生，不知在哭什麼，三個人擁抱著哭泣，一直緊緊擁抱著。

這就是所謂的青春了嗎？

張貴香很壞？怎說也好，她們都是只有十多歲的少女，我想，的確是可以改變的。

但願如此。

我也不知道她們哭了多久，當她們冷靜下來後，我把解藥的藥方給了張貴香，她竟然跟我說了「謝謝」，我真的不知道怎樣回答她，只能苦笑。

這次美術學院的事件，終於完美地落幕。

離開時，我跟麻子在走廊走著，夕陽照在我們的身上。

「麻子，老實說。」我說：「我不明白妳為什麼要擁抱那個曾經傷害你的人。」

「因為你。」她愉快地說。

「因為我？」

「不是你說的嗎？有病的人不是我，而是她。」她說：「對著生病的人，我們只需要給她一個**深深的擁抱**，這是我媽媽教我的！」

「原來如此，嘿，小妹妹，這次我真的敗給妳了。」我笑說。

她突然轉身，吻了一口在我的臉頰。

然後，她愉快地離開了。

「嘿，看來我還是不太明白少女的內心世界呢。」

我在夕陽下，看著她離開的背影。

看著一個……明日的藝術家。

CHAPTER 04 畜生農莊 Brute Farm 11

一星期後。

日子好像回復了正常，我還在學校做校工，同時，那個張賓實也沒有用什麼方法對付我。

也許只是暫時吧。

我正在後園掃著枯黃的落葉。

「鍾筌！」

有人在我背後叫著我，我回頭看，是彩英。

「找我嗎？」我問。

「色……色情網！」她上氣不接下氣說。

對，我也差點忘記，麻子的裸照已經在色情網上架一個星期，也許，我一直等待的事，真正「發酵」了。

「佛羅倫薩！佛羅倫薩美術學院！發了電郵過來！」彩英興奮地說：「他們想讓麻子入讀！」

「佛羅倫薩美術學院？很出名的嗎？」我真的沒深究。

「達文西、伽利略、米高安哲羅等等，都曾入讀這學院！」彩英說。

「原來如此，嘿，看來任何世界級的偉人與男人，都會去看色情網呢。」我淺笑。

究竟發生了什麼事？

一星期前，我托沁戴恩把麻子的裸照放上她旗下各大的色情網，得到了瘋狂的迴響。

那些裸照，不是麻子的裸照，正確的來說，是麻子……

「親筆畫的自己」。

她在養傷的時期，她用相機拍下了自己的裸照，然後用水彩畫了很多幅自己的裸體畫，她畫得栩栩如生、活靈活現，麻子的確是一位藝術的天才。

我把她畫好的一張張水彩畫剪裁成影片，加上了柔和的音樂，沒想到，瀏覽量非常驚人，尤其是她那張背後有刀傷的畫作，已經有超過一千萬人瀏覽，而且有上萬的留言。

這星期在搜尋器上搜尋得最多的關鍵字是「藝術學院學生裸照公開」。

而留言的內容大都是讚不絕口。

「看鹹網都可以看到藝術，超讚！」

「我被這位小天使深深打動了！」

「根本就是梵高再世！」

「誰說我們只看色情片？我們看的是藝術！藝術！」

麻子的畫成為了全球傳誦一時佳話，現在，就連佛羅倫薩美術學院也看上她了。

「麻子知道了嗎？」我問。

「她知道了！她非常高興，終於有人賞識她的天份！」

我看著彩英，好像比她自己得獎更開心。

「那我拍下的『原圖』相片，不就變得很值錢？」我在自言自語。

「你說什麼？你不是說已經洗了嗎？」彩英問。

「洗了！」

「真的嗎？」

「當然！」

「給我看看你的相機？」她奸笑。

「沒帶在身。」我不理她轉身繼續掃地。

「真的嗎？」

「真的！妳當我是變態佬嗎？」我沒理會她。

「你不是變態佬，你是……」

就在此時，我拿出了一樣東西。

「本來想今晚才給妳，不過妳正好來找我。」我遞給她：「送給妳的。」

是一盒……麥提莎。

彩英接過了這盒麥提莎，眼中泛起了淚光，也許，她想起了一個人。

一個我不太了解的人。

「我都說，你很像你父親。」彩英笑說：「真的很像。」

「我才不像。」我鬥氣般說。

「看來你真的很懂得哄女生。」她說。

「尤其是漂亮的女生。」我說。

我們互望笑了。

正當我以為來到天騰島之後，事情都開始變得順利之時……

突然！

「咇咇咇咇咇咇咇~咇咇咇咇咇！」

「是什麼聲音？」彩英驚慌地說。

我耳朵上的那個銀色的裝置突然響起，而且在閃動著！

「呀！！！」

不到數秒，我整個人像被雷電擊中一樣，非常痛苦！

「鍾笙！」彩英大叫。

我……暈倒了。

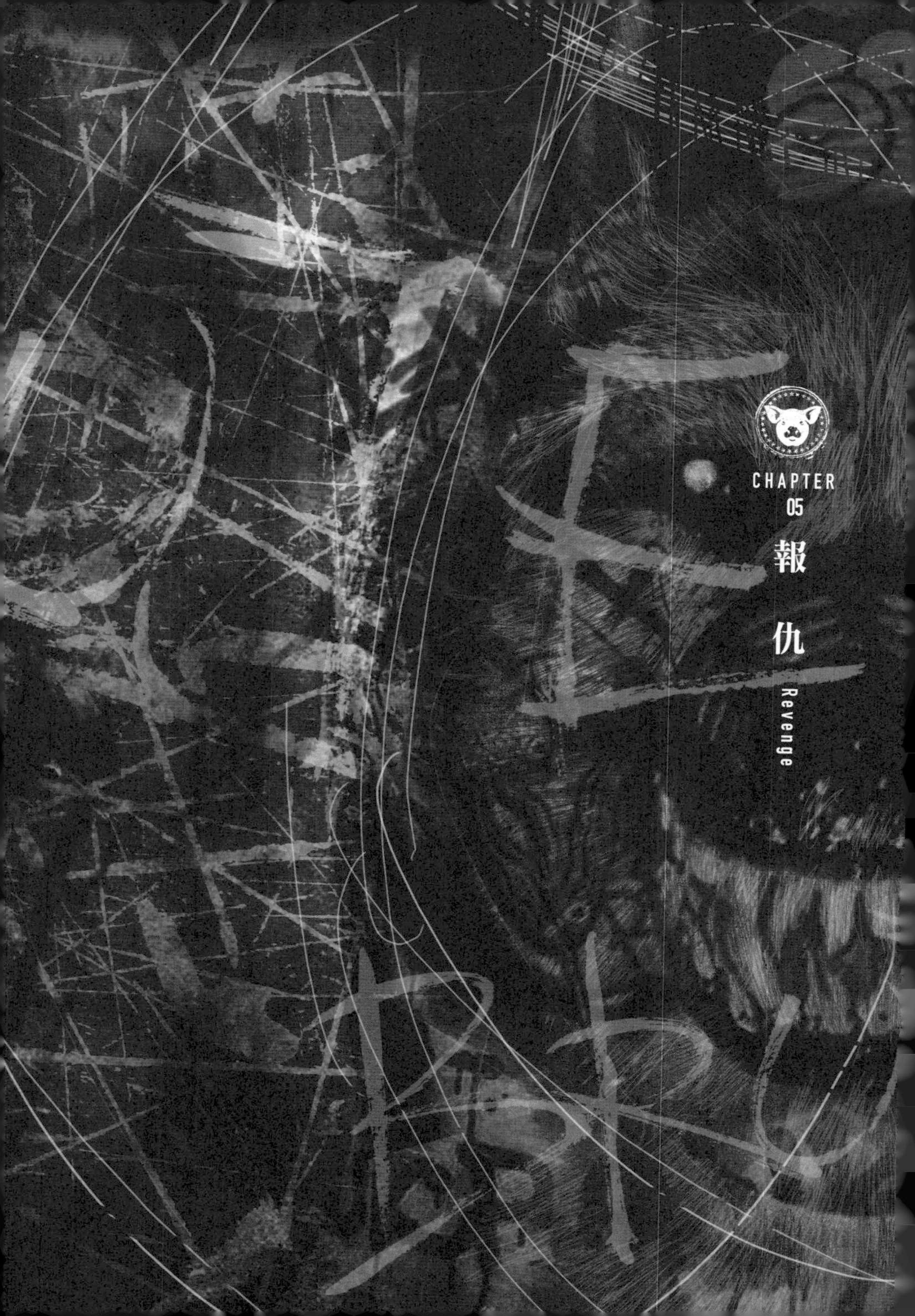
CHAPTER
05
報仇
Revenge

CHAPTER 05
報仇
Revenge
01

島上最高尚的天騰區。

這裡的住宅價格，每平方呎價三十八萬，是全世界最貴，比世界第二貴呎價的香港山頂區，至少高出一倍。

區內全是豪宅，馬路上駕駛的，除了每天極少班次的巴士外，全都是名車，沒上百萬價值的好像就不配在路上行駛。

在一所夜店的露天停車場，泊滿了各款名車，音樂從店內傳來。

在這裡不會看到穿上囚犯服的犯人，在這區服務的人，都是上流人士，他們得到的工資比其他地區至少多出五倍。

夜店一間VIP房內。

張賓賓，還有另外兩個男人正在舉起酒杯聊天。

「賓賓，如果我們的生意被發現，問題就大了。」一個人中很長，嘴巴很大的男人說。

他叫張蘭灘。

張岸守有三兄弟，他排第二，而張蘭灘是老大，張賓實是三弟。

「對，賓哥，真的要小心呢。」另一個男人把酒倒入他們的酒杯。

他叫史弗貴，外貌像一隻老鼠，是他們兩兄弟的生意伙伴。

「你兩個放心吧，我會好好教訓那個人。」張賓實奸笑：「他永遠再也不敢來要挾我！媽的！」

「我真的不明白，為什麼那個人會知道我們的『生意』？」張蘭灘搖著酒杯：「一定是內部有鬼，弗貴你快去調查一下，把內鬼找出來。」

「明白，灘哥，我知道怎樣做。」

他們究竟是做什麼生意？

鍾笙說的「牛至」又是什麼意思？

燃油和食品是世界上最大的出入口商品，那第三位呢？

世界上出入口排名第三位的是……「毒品」。

全球一百億人口之中，就有六億人吸食不同種類的毒品。

大麻、可卡因、海洛英、氯胺酮，還有迷幻蘑菇等等，成為了不法商人的特大搖錢樹。

二十年前，金新月、金三角、銀三角，還有黑三角曾是世界四大毒品植物產地，二十年後，第五大產地「光新月」出現。

「光新月」的位置是一個謎，有人說是哥倫比亞、有人說是尼日利亞，甚至有傳是香港。當然，所有的傳言也沒有真正的實證，因為「光新月」已經買通了所有的渠道，不讓傳媒報導。

只有極少數的「行家」知道，「光新月」就位於天騰島的北面。

天騰島就像一個獨立的政府一樣，把囚犯轉為勞動人口，成為了世界各地的典範，誰又會猜到，全球12%的毒品出口，就在這個3D打印的島上。

而擁有這些毒品農場的人，就是張賓實、張蘭灘與史弗貴。

鍾笙所說的「畜生農莊」，除了形容現在的社會，其實，也在說天騰島的北面農場。

張賓實從來也不讓女兒張貴香碰毒品，才不是因為他關心自己的女兒，而是他怕張貴香被揭發吸毒，會有大量傳媒走訪報導，這樣「光新月」的位置就有機會被揭發，直接破壞他的生意。

現在鍾笙的出現，正正給張賓實說中了。

「光新月」種植大麻、罌粟，還有迷幻蘑菇，他們會用牛至這種唇形科植物來掩飾，出口文件都寫是牛至，其實是出口毒品。

「賓哥，要不要我幫手剷除那個多餘的人？」史弗貴問。

「不用，我有方法對付他。」張賓實喝盡杯中的酒：「我才不會讓他死得這麼容易呢。」

看來鍾笙要對付的人，一個擁有一百億身家的男人……

絕不簡單。

CHAPTER 05 報仇 Revenge 02

下雨天，囚犯宿舍內。

被電擊後已經過了三天，我的頭還是有一點痛，「眼睛」也出現問題，要不斷滴眼藥水。

我叫孝奶幫我調查「畜生農莊」的事，本來是用來要挾他們的手段，沒想到最後卻沒有太大的用處，因為他們反過來要挾我了。

「媽的，鍾笙啊鍾笙，都叫你別要對其他人產生感情呢。」我躺在床上，看著漏水的天花板。

被電擊昏迷醒來後，我收到通知，如果我有什麼小動作，他們就會對付我身邊重要的人。本來，我無親無故，對付誰也沒問題，不過，我想起了麻子與彩英，他們所說的「重要的人」，應該就是她們。

我不能讓她們捲入我自身的調查事件之中。

而且耳朵裝置的電擊不是講玩的，如果再被電擊，也許我會變成瘋子。

「看來那個張笨七……不好對付呢。」我自言自語。

此時，永超與企叔下班回來。

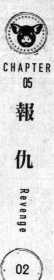

「鍾笙，我買了臭豆腐給你吃！」企叔拿著一個膠袋。

「我最愛！」我從床上坐了起來。

「你今天怎樣了，休息幾天好多了嗎？」永超問。

「還好，不過頭還是有點痛。」

「我早叫你別要闖禍，如果你再被電一次，誰也救不了你。」永超好心地說。

本來睡在我床位的那個叫阿輝的男人，就是被電擊了兩次，最後因為抵受不了死去，當時，他們兩人正在宿舍內，看著阿輝活生生地被電死。

我吃了一口臭豆腐，奇怪地，我雙眼泛起了淚光，太好味了。

我看著他們兩人一起吃臭豆腐，全個宿舍房間都是臭味，而且還要漏水，不過，我感覺到一份很奇怪的溫暖感覺。

我跟這兩個同房認識不到一個月，卻有一份莫名的好感，我們都是囚犯，而且很窮，只是一塊臭豆腐已經很滿足。

我回憶起小時候跟金杰在孤兒院生活，我們窮，不過很快樂。

媽的，自從來到這個島後，我對某些根深蒂固的想法，竟然開始動搖。從來，我覺得錢可以買到世界上任何東西，但遇上了多明叔、雞粥伯、痳子、彩英、這個兩同房，還有聽過我父母的故事後，我對「錢」的看法，有一點的改變。

「還有一個月我就可以離開這個天騰島了。」企叔抽著早上留下的半支香煙：「終於可以回家。」

「企叔，你會去哪裡？」我問。

「第一時間去見見我的孫仔，都有幾年沒見了。」他說：「然後找份散工，找個劏房住吧。」

「你可以住在我的家，大門密碼是**2695-2695**。」我說。

「你在外面住在哪裡？」永超問。

「淺水灣道三層式別墅。」我說。

「什麼？！」永超非常驚訝：「你是有錢人？！」

我沒有回答他，只是跟他一笑。

企叔七年前因為不小心駕駛導致他人死亡，被判了七年刑期，不過，真正的罪犯不是他，他只是替兒子頂罪，因為他不想孫仔失去爸爸，所以把罪名都攬在身上。

「鍾笙謝謝你的好意了，無功不受祿，我還是自己找地方住吧。」

「你不跟兒子一起住嗎？」永超問：「好歹你也是代他認罪！」

「不了，他有自己的家庭，我不想給他任何負擔。」企叔說：「這七年他也沒有來探我，也許他還在忙自己的生活。」

「不肖子！」永超替企叔生氣。

父親就是這樣的一種「生物」嗎？如果鍾入矢還在，他會不會同樣的無條件對我好？

就在此時，有人拍打宿舍的門。

「這麼夜，是誰？」永超去打開大門。

我的「仇人」出現在我們的面前，他是那個……

仆街正馬能！

CHAPTER 05

報仇

Revenge

03

在他身後，還有那個被我收買的宿舍島管。

「正獄長有何貴幹？」企叔說。

「老頭你死過一邊！」

正馬能一手把企叔推開，企叔跌倒在地上，表情痛苦。

「企叔！」永超把他扶起。

「你又想怎樣了？」我擋在他的面前。

「鍾筌月！我給你一份好好的優差你不珍惜，還惹出禍來！」正馬能看看身後的島管：「加上你收買島管，罪加一等！」

島管低下頭，沒有說話。

「由明天開始，你將會跟重囚一起監禁，不准上訴！」正馬能大叫身後的手下：「把他拉走！」

兩個島管一左一右把我押下！

「鍾筌……」企叔看著我。

「沒事的，嘿。」我在微笑：「企叔、永超，我很開心可以在這段時間認識你們，跟你們同房。」

「我們也是！」企叔和永超大叫。

「謝謝你們。」

突如其來的正馬能，讓我沒法跟他們好好道別，不過，其實我已經預計到，幫助麻子之後，我將會成為「他們」的目標。

島管把我拉上警車，坐在前方的正馬能回頭看著我。

「嘰嘰嘰，明天你才出發，今晚……」他在淫笑：「我會跟我的兄弟好好對待你！」

我看著他，只能……苦笑了。

淺水灣道三層式別墅。

周金杰、冰孝奶與榮仔的新工作地點，就是鍾笙的別墅。

「杰哥，鍾笙哥的手機突然又聯絡不上。」榮仔在敲打著電腦：「好像出了點問題，不過我會盡力修補網絡。」

「看來那班躝癱也出手了。」金杰說：「我會聯絡島上的內應，他會幫助鍾笙。」

「你們來看看。」孝奶把一疊資料掉在桌上。

金杰與榮仔眼睛沒有留意文件，只是看著她的性感睡衣。

「你們看哪裡了？」孝奶指著桌上的資料：「我找到了有關天騰集團高層架構的資料。」

金杰看著孝奶找來的資料：「怎可能？這樣說，那個叫張岸守的CEO，不就只是……掛名？」

「對。」孝奶說：「我昨天跟天騰集團的高層吃過飯，當然那些所謂的高層也只不過是外頭請的人，喝了幾杯後，他就跟我說出來了。」

天騰集團架構，首席 CEO 是張岸守，不過，他已經沒有真正掌管天騰集團，而是交給了他兩個兒子，張岸守只會出席一些慈善活動。

他有兩個兒子，大兒子叫張宙榫，而另一個小兒子叫金秀日。

「為什麼不是姓張的，而是姓金？」榮仔問。

「傳聞說金秀日不是張岸守親生的，當然，在公眾場合大家還是會叫他張秀日。」孝奶說。

「豪門的關係真複雜！」榮仔說。

「張岸守有三兄弟，大哥叫張蘭灘、三弟叫張賓實，他們都是集團的副主席。然後，還有兩個合作的夥伴，一個叫史弗貴，而另一個叫……李路明。」

「李路明？好像在哪裡聽過。」榮仔說。

「我會繼續調查，不過現在最重要的是把資訊告訴鍾笙，榮仔你快想方法聯絡他。」孝奶說。

「交給我吧！」

「希望鍾笙不會有什麼危險。」孝奶擔心他：「始終天騰集團的生意，都有關……毒品。」

「放心吧，鍾笙不是一個任人宰割的人。」金杰說：「他一定可以想出方法，解決問題。」

「沒錯！我覺得鍾笙哥絕對可以化險為夷！」榮仔說。

……

…

.

天騰島監獄盤問室內。

五個男人，包括了正馬能，他們看著一個全裸的男人。

看著一個被脫去衣服，雙手被手扣反綁在背後的男人。

他是鍾笙月。

CHAPTER 05

報仇

Revenge

04

我赤裸著身體，站在盤問室中間，他們五個男人用淫邪的眼光看著我。

我雙手被綁在身後，沒法反抗。

「媽的！身材太好了！」其中一個獄警說：「我最愛的六塊腹肌！」

「他的胸肌很結實！」另一個獄警說：「看到我都硬了！」

「馬能大哥，你真好，願意跟我們分享，哈哈！」

一個魁梧的男人走向我，我向他吐口水！

「媽的！」他一拳轟在我的肚皮上。

我痛得蹲了下來。

「我就是喜歡像你這樣的野馬！哈哈！」正馬能大笑。

魁梧男人走到我的面前，他那話兒正正對著我！

「看來這次要試試你的嘴巴！」

「你們……想怎樣？」我問。

「你還要問嗎？當然是為我們兄弟服務一下！哈哈哈！」正馬能說：「如果你不配合，我會將你的影片到處分享！」

他按下了手臂，出現了投射畫面，畫面是他第一次侮辱我時拍下的影片，當然，他的聲音已經經過處理，而且拍不到他的樣子。

「爽呀！爽死了！」

正馬能的淫叫聲出現在房間的每一個角落，在場的五個男人也高呼大叫，非常興奮。

「媽的，跟我用一樣的招數嗎？」我狠狠地看著正馬能，想起了麻子的事。

「上次我還未爽夠，這次更好玩了！我們五個人絕對可以給你爽死！」他高興地大叫：「前後上下，全身都爽！」

「大哥，先讓我爽一下吧！」

那個魁梧的男人快速脫下了褲子，他惡臭的那話兒已經雄偉地勃起！

「哈哈！你知道怎樣做吧？」正馬能指著自己張大的嘴巴：「你也不想影片流出吧？來！讓五位哥哥爽一下！」

「好呀。」我給他一個親切的笑容。

「來吧來吧來吧來吧來吧！」

魁梧男人準備把他的那話兒放進我的嘴巴……

我的心跳加速，腦海中不斷出現不同的畫面。

應該要怎樣呢？

我要如何是好？

別誤會，我才不是擔心我自己，而是在想……

我要如何才可以讓他們……比、死、更、難、受？

我張開了嘴巴……

下一秒……

液體出現在我的眼前……

全場的人也呆了……

他、媽、的、呆、了！

我一口把他的那話兒……用力咬著！

然後……我用力一扯！

那條噁心的東西被我一口咬斷！

「呀呀呀呀呀呀！！！！！！」

那個男人痛苦得在地上打滾，鮮血與尿液不斷地湧出！

「吐！」我把他的「頭」吐了出來。

我滿口也是鮮血，我愉快得從心而發地……

「笑了」！

「嘰嘰……嘰嘰……嘰嘰……哈哈哈哈！哈哈哈哈！哈哈哈哈！」

「仆街仔！」

正馬能一腳踢在我的身上，我整個人向後飛，臉上依然出現他媽的笑容！

盤問室內一片混亂，其他人想幫那個白痴止血，但又不知道要怎樣做，全部人都像瘋了一樣不知所措！

「你這個畜生！」正馬能把我整個人抽起。

「對，我叫畜、生、月！畜生！哈哈哈！」

他一拳轟在我的臉上！

「你死定了！」他磨拳擦掌想把我打死。

「一九九六年五月十八日。」我說。

他目瞪口呆看著我。

「今年四十八歲，有一子一女，男的叫正陸國十歲，女的叫正津黛六歲，在崇德小學就讀，家住西貢白沙灣，每逢假日都會跟家人共享天倫之樂。」我用帶血的口水吐向他：「不知道妳太太周東妹知不知道，你工作時的情況呢？」

「你……」他啞口無聲。

「馬能啊馬能，你兩個仔女，『碌葛』跟『春袋』兩個名字都給你想到了，你真的是一位很好的父親呢！」

我臉上再次出現了那個……奸險又自信的笑容！

「我殺了你！」正馬能的警棍高高舉起。

同一時間，鍾笙被綁著背後的手臂，按下了一個播放掣，畫面隨即出現。

畫面是正馬能的辦公室內，跟正馬能播放的是同一條影片，只是用了不同的拍攝角度！

他把鍾笙的褲子脫下，包括了內褲，同時出現了舌頭舔皮膚的聲音。

「操你的！你的臀部很結實！我喜歡！很喜歡！」

正馬能的樣子，出現在畫面之中！然後就是搖晃的畫面，還發出了獸性的叫聲！

「爽死了！他媽的爽死了！」

畫面搖晃十秒後，鏡頭轉向了正馬能的正面，他那爽翻的樣子，可媲美四級片的痴漢。

畫面就在此結束。

「馬能獄長，才十秒就完事，你會不會太弱了？」鍾笙奸笑：「怎樣了，看到自己當AV男主角有什麼感覺？」

「怎……怎可能？你怎可能拍到的？」正馬能退後了半步。

「你剛才想用影片威脅我嗎？」鍾笙瞪大眼睛：「你就放上網吧，我無親無故怕什麼？而且我身材這麼好，應該會有很多人讚賞也不定，我喜歡！」

「不可能！你怎可能在我辦公室安裝鏡頭？！不可能！」他不斷搖頭。

「如果是你呢？我把影片給你的家人看，然後傳到整個網絡，別人怎樣看你呢？」鍾笙愈說愈興奮：「你的仔女的同學，知道他們有你這個變態的父親，一定會在學校被欺凌！你的太太知道你碰男人也不碰她，絕對會跟你離婚！天騰集團的高層知道你雞姦囚犯，你覺得你還可以在這裡做獄長嗎？我想你長糧也沒了！」

正馬能知道事情的嚴重程度。

「正大哥，別要給他恐嚇到！」其中一個獄警跟他說。

「你給我死開！」正馬能一手把他推開。

獄警當然這樣說，因為那個AV的男主角不是他！

「正馬能，你將會永不翻身，還想退休過好生活嗎？」

鍾笙面容扭曲地說：**「食屎啦你！」**

正馬能被嚇得快要失禁！

「不不不，不對，應該說……」鍾笙走前跟他面貼面：**「連、屎、都、無、得、食！」**

正馬能跪在地上，他才不理會同僚的下體嚴重出血，他只知道如果被發現他這樣對待囚犯，他真的連屎也沒得吃！

「還不快解開手扣？還有我的衣服呢？」鍾笙一腳踏在正馬能的肩膀上：「只要我有什麼不滿意，影片會立即傳到你太太的手機上！如果我不能在一小時內聯絡朋友，影片一樣會上傳到各大網頁！」

「你們……快替他解開手扣！」正馬能低下頭說。

「但正大哥……」

「你他媽的聽不懂中文嗎？我叫你解鎖，給他衣服！」正馬能大叫。

「知……知道！」

「鍾笙哥。」正馬能笑得很尷尬：「這樣你可以刪除那段片了嗎？」

「刪除？」鍾笙輕輕地打了他幾巴掌：「你覺得會這麼簡單嗎？」

……

…

·

一小時後。

「鍾笙？」金杰接到他的電話：「這是誰的電話號碼？」

「天騰島監獄辦公室的枱頭電話。」

鍾笙撓著腳放在桌上：「說來話長，以後再跟你說，對，我的手機應該暫時不能用，你叫榮仔看看如何處理。」

「在處理了，另外孝奶已經調查到你想要的資料。」金杰說：「你有時間嗎？」

鍾笙看著獄長辦公室內，赤裸罰企的幾個人：「有沒有時間？我整晚跟你談心也可以。」

金杰跟他說出了孝奶調查到的事。

鍾笙皺起了眉頭，因為他聽到一個他「在意」的名字。

CHAPTER 05 報仇 Revenge

06

冷氣開到最大，鍾笙要正馬能和他的獄警，感受囚犯入獄時的痛苦。

被咬去那話兒的獄警，已經被另一個獄警帶去醫院，現在只餘下四個人。

「為什麼……我也要罰企？」獄警說。

「別說了！」正馬能生氣地說：「這是命令！」

「很……很冷……」第三個獄警說。

「你們知道冷了嗎？」鍾笙走向他們：「你們知道自己是如何對待新入島的囚犯了嗎？你們他媽的感受到了嗎？」

「我……我知道了……對不起，以後我們會人道對待囚犯。」正馬能死死氣地說。

「乖孩子。」鍾笙摸摸他的頭：「你的片我暫時就自己保存來回味吧，不過，如果你沒有真正的反省，你知道後果吧。」

「知道！我知道！」

鍾笙一拳轟在他的肚皮上：「這一拳還你的。」

「還得好……還得好……」他痛苦地笑說。

「我們……我們可以穿回衣服了嗎？」獄警雙手抱著身體在打顫。

「穿吧，不過，現在你們要為我工作，我是……暫代的獄長！」

鍾笙再次按下了手臂，出現了他們裸站的相片！

手臂上的手機，沒有拍攝的功能，鍾笙也沒有拿出筆型相機。就和拍下正馬能的影片一樣，鍾笙是怎樣拍下他們的相片？

獄警看著監獄的辦公室，他們感覺到在辦公室內，放置了他們不知道的微型攝錄機。

「暫代獄長，你要我們為你做什麼？」正馬能像狗一樣說。

「我要這十年來入獄的囚犯資料，另外要最高管理層的名單。」鍾笙說：「還有，告訴我我將會被送去哪裡？」

「沒問題！」正馬能大叫：「周仔快幫暫代獄長找資料！」

「是……是！」

「工作真有效率，我愈來愈欣賞你了。」鍾笙說：「未來日子，要多得正獄長你多關照了。」

「會的！我一定可以滿足你的要求！」正馬能只欠把舌頭伸出來，就真的變成一頭狗了。

「還不去工作？」鍾笙板起了臉：「還等什麼？」

「知道！現在去！」

這個晚上，應該是正馬能一生中，最不想上班的一晚。

……

…

．

早上。

鍾笙已經得到想要的資料，監獄的最高話事人名為史弗貴，雖然他不是姓張，不過他也是天騰家族的一份子，是他們的合作伙伴。

「史弗貴？屎忽鬼嗎？名也衰過人。」鍾笙吃著他的早餐：「看來還有很多個調查目標呢。」

他看著電腦上的天騰島地圖，其中有兩個地方是沒有標示的，一個是北面的農場，而另一個就是鍾笙將會被移送去的南面地方。

這個再教育營島，本來是分成五個等級，囚犯、下流、中流、上流、天騰人，鍾笙大概也接觸過不同的「階級」，不過，還有一層他從來沒有接觸過，也不在五個等級之中。

在那裡生活的居民，根本就連等級也說不上。

不，鍾笙不是沒接觸過這個地方的人，而是只接觸過一次，接觸過……「一個人」。

「鍾暫代獄長，已經準備好可以出發。」正馬能說。

「好，我們出發吧。」

鍾笙給他遞出手腕，讓他鎖上手扣。

因為鍾笙威脅那個張賓實，除了被電擊，現在還要被送到「最最底層」的地方生活，比囚犯更低等的級別……「重犯」級。

鍾笙將要去的地方，位於天騰島南面的……**貧民窟。**

「整晚我也很合作吧，請問你可以刪除我的片嗎？」正馬能非常禮貌地說。

「好，我到目的地後，我會刪除。」鍾笙說。

「太感激了！」

「叫兩聲聽聽。」

「汪汪！汪汪！」

一個人為了自己可以去到幾盡？本來趾高氣揚的人，現在甚至聽話地扮狗叫。

自願扮成畜生，只有人類才會做到。

鍾笙被禮貌地押上囚車。

就像周星馳電影《國產凌凌漆》打靶場那幕一樣，正馬能和幾位獄警跟鍾笙微笑地揮手道別。

鍾笙決定了，放過正馬能，因為他已經玩夠了。

被侮辱的仇，終於報了。

等等，他真的會放過正馬能？

在監獄的辦公室時，他已經吩咐了金杰……

把正馬能的影片……

發送給他太太了。

鍾笙看著天朗氣清的天空，微笑了。

CHAPTER 06
貧民窟
Slum

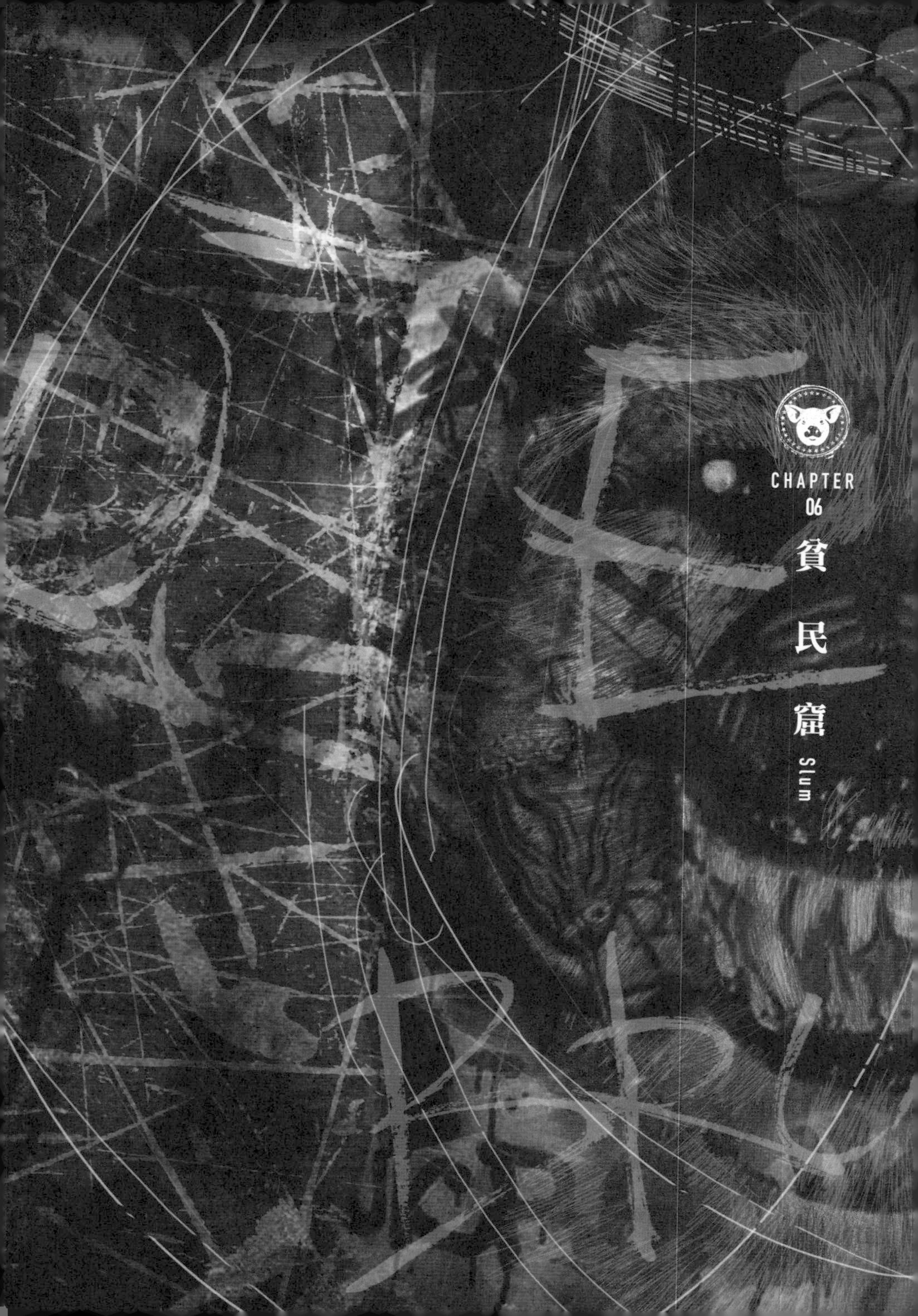

CHAPTER 06 貧民窟 Slum

01

天騰集團大廈。

全棟大廈樓高三百二十層，全由3D打印而成，位於天騰島最中心的地帶。從航拍機拍下整個島，天騰集團大廈就像島上的定海神針，一柱擎天屹立在島上。

在頂層的主席室內，三個男人正在討論著。

他們是張岸守，還有他的兩個兒子，大仔張宙樨與二仔金秀日。

張岸守曾被鍾笙的父親鍾入矢看到，他的人渣指數超過一百分，他是一百零一分。

他坐在一張輪椅之上，看著特大落地玻璃窗外，整個天騰島的風景。

「最近的營業額有所下降，不過，第二季度將會上升**40%**以上。」張宙樨說：「我會在董事會交代我的新計劃。」

「好，全都交給你了。」張岸守說。

「另外，張蘭灘大伯那邊……」金秀日說。

「金秀，不是說過了嗎，大伯的生意我們不會干涉。」張宙樨說。

張宙樨年約三十，比金秀日大八歲，現在天騰集團的真正話事人是他而不是張岸守。張岸守在十年前已經把自己的生意交給了張宙樨，而金秀日成年後，也開始接手他們的生意。

「明白，大哥。」

外表斯文英俊的金秀日，戴著一副金邊眼鏡，他看似比他實際的年紀更大。

「金秀，你要好好向你大哥學習，知道嗎？」張岸守說。

「我會的，大哥就是我的學習榜樣。」他謙虛地說。

「我有你這個能幹的弟弟，也很放心把重要的工作交給你。」張宙樨說。

金秀日看著他微笑。

他們說的都是真心說話？或者，只有他們自己知道。

因為張岸守已經不再出席會議，兩兄弟每個月都會來到主席室，跟張岸守交代集團最近的情況。不過，張岸守已經不再在意公司，他其實只想見見自己的兩個兒子。

「你們記得嗎？金秀小時候，我們三個人一起去游水。」張岸守回憶著：「那段時間真的很快樂。」

「爸爸把我掉入水中，我記得那次之後，我學懂游水了。」金秀日說。

「現在已經可以用 VR 模擬真的海洋，已經很久沒試過真正游水。」張岸守說。

「下季度業績報告完結後，我們去夏威夷度假吧，到時就可以一起游水。」張宙樨走到張岸守後方，雙手搭著他的肩膊：「不過，營業額要先追到上個季度，我們才有時間渡假。」

「我相信你的能力。」張岸守說：「金秀，你也要努力，知道嗎？」

「我會的。」金秀日說。

三父子的整個聊天過程，感覺好像有點奇怪，簡單來說，總是有一份生疏的感覺。

會談完結後，金秀日回到自己的工作室。

他的工作室不像其他高層那樣，沒有豪華的佈置，只有純白簡單的擺設。

金秀打開了秘密會議模式，在他一呎半徑內出現了一個透明的屏幕，他打出一個電話。

「最近好嗎？」接聽電話的是一把沙啞的女人聲。

「還好，打給妳就是想報個平安。」金秀說。

「你萬事要小心。」

「我知道，那對狗種父子超煩的，還需要一點時間。」金秀看著純白的空間：「妳知道信任是需要時間吧？」

「等你好消息。」

金秀掛線後，屏幕關閉，他的臉上再次出現溫柔的表情。

而在另一間豪華辦公室內，一個男人正在看著秘密攝錄機的畫面。

一直看著金秀日的辦公室。

他是……張宙樨。

看似關係很好的三父子，看來……關係並不簡單。

CHAPTER 06

貧民窟

Slum

02

天騰島南面。

這裡就是島上的貧民窟。

全球有二十億的人口居住在貧民窟，佔全世界人口五分一以上，而且貧窮人口愈來愈多，戰爭、污染、貪官污吏等等問題讓貧民窟不斷擴大。科技愈來愈先進，反而貧窮人口愈多。

為什麼會如此？

因為人類愈來愈自私自利，口說什麼大愛，其實自己卻在不斷浪費。二十多年前的新冠肺炎疫情，口罩、針筒、檢測工具等等的醫療廢物，多得可以把整個香港活埋，但從來沒有人會反對浪費，只因大家都覺得「人的生命」比較重要。

「自己」的生命最重要。

不斷耗盡地球上的資源、破壞地球的生態去對付疫情，然後，又說要「環保」。

環你他媽的保。

人類就是為了自己最自私的生物，我從小已經知道，所以，小時候跟金杰偷呃拐騙之時，從來也沒有一點後悔，我騙的，都是「罪有應得」的人。

「垃圾，這邊！」貧民窟的島管惡形惡相地說。

除了我，還有其他的囚犯因為在島上犯罪，所以被送到這裡。貧民窟不屬正馬能管轄，而是獨立管轄區域，簡單來說，就是……「無皇管」地帶。

垃圾、污染、毒品、犯罪、糧食不足，就連清潔的食水，都是這裡沒法解決的問題。

有人會相信香港出現貧民窟？也許，二十年前沒一個人會相信，不過，因為貧富懸殊，物價愈來愈貴，一碗雲吞麵的價錢是從前的五倍，而工資只上升了幾個巴仙，工資根本追不上通脹。

有錢人當然過得生活無憂，自殺的人比餓死的人更多，在二十年前的香港，餓死的人一個也沒有。

不過，我在監獄的辦公室看到一些秘密資料，在這十年來，貧民窟內因挨餓而死亡的人數，佔貧民窟內的……10%。

世界從來也沒有改變，在香港這個什麼也有的地方，豪宅對面還是有橋底的露宿者，某人胡亂揮霍購物，同時，也有拾紙皮的婆婆。

而在這個貧民窟，生活更加惡劣。

還未走進中心地區，我已經在外圍嗅到垃圾的氣味，不遠處就是高高的垃圾山，面積相當於四十個足球場。有些在這裡生活的小孩正在拾垃圾，他們希望可以找到一些別人不要，但對他來說非常值錢的「垃圾」。

我還以為自己身處印度新德里，不過，印度因為加密貨幣的興起，已經成為世界一線國家，已經沒有貧民窟，反而，貧民窟在香港出現了。

我遇上的人，頭上的**FPV**數目，最多也只有數千，有更多是負數，他們根本就身無分文。

此時，我看見我入島時在監獄冷得雙手抱著身體的瘦弱男人，我走了過去。

「喂，你也來這裡嗎？」我問。

他看了我一眼：「我被冤枉縱火，被送來這裡了！」

看著他懦弱的外表，連我也想冤枉利用他。他叫鄧家勇，不過看來他一點也不勇。

「別人都說這裡是『人間地獄』，你知道是什麼原因？」他說。

我搖搖頭。

「我還以為你知道！」他失望地說：「我也不知道。」

「快走！」島管一棍打在前面幾個囚犯的身體：「入去帳幕！」

又像正馬能他們一樣，囚犯要赤裸地被評頭品足？

我跟鄧家勇一起走進了帳幕，眼前的畫面……比要求赤裸更可怕。

CHAPTER 06 貧民窟 Slum

03

帳幕內，有幾個男人坐在一張長桌旁邊，在他們身後有三四個大鐵籠，鐵籠內困著幾個骨瘦如柴的人。

他們見到我們進來後，瘋了一樣拍打著鐵籠，大喊大叫！感覺就像小時候去馬騮山的馬騮一樣！

「別吵！」在鐵籠旁邊的男人用鐵棍敲打著鐵籠。

那些「人」害怕得躲在鐵籠的最深處。

另外，一個人拖著一個赤裸的女人，女人的頸上戴了一個狗圈，她像狗一樣被那個人用繩牽著。

他們就像真正變成了人類養活的「畜生」一樣！

「下個！」

男人大叫，我們這些囚犯被安排到長桌子前，幾個男人在看著手上的資料，然後看著囚犯。

「走。」坐在正中央的男人說著。

他的頭髮就像幾年沒有洗過的雜草一樣，樣子凶神惡煞，他頭上的 **FPV** 是這裡全部人之中最高，有**$38,028,191**。

在這裡生活，能夠有三千八百萬的資產，看來他應該在貧民窟吸了不少錢。

「下個！」

「走。」

「下個！」

「去。」

來了一個像吸毒一樣的男人，他們看著他，然後叫停了他。

「留下。」

「跟我來！」

「為什麼我要留下？你們要帶我去哪裡？」吸毒男非常驚慌。

那個男人一棍打在他的身上：「別問！跟我來！」

然後三四個男人把他拉走，我看著他被拖走，然後再看看籠中的人……

「不會吧？」我心中想。

很快，已經來到我，我看著眼前那個頭髮像雜草的男人，不知怎的，我的心跳加速，我很少會有這樣的感覺。

感覺就好像不知道前路會出現什麼凶殘猛獸一樣。

「下個！」

「走。」

心中不知為何好像放下了心頭大石一樣，就在離開帳幕前，我回頭再看著他，他竟然在看著我！

然後，我被推走，離開了帳幕，來到了一間木房。

木房內，一個穿著幾年沒洗過的制服的島管，跟我們這些新來的囚犯說話。

「別想著逃走，你逃到島上哪裡我們都可以找到你。」他指指自己的耳朵，然後繼續說：「水路也行不通，如果你不想被鱷魚肢解的話。」

外圍水域養了鱷魚嗎？

坐在木房內的囚犯，沒有人在聽他說話，除了我。

「你們別以為像平時這樣舒服，來到這裡的囚犯就是加刑的意思，你們被分配的工作，絕對會比你們本來的更辛苦！也別要想不工作，我們會懲罰那些偷懶的人。」島管繼續說：「你們將會住在垃圾場旁邊的宿舍，一日一餐，一星期洗澡兩次，除了工作，你們沒有任何娛樂，就是睡覺。」

一天只有一餐？他們根本就不當來到這裡的囚犯是人。

「最後想說的，因為這裡治安非常差，我們不會保證你們的人身安全，而且你們不能持有武器，如果被發現，立即被懲罰。」島管說。

「有什麼懲罰？」其中一個囚犯問。

「你試一下就知道了。」島管說：「沒其他問題，現在你們先去宿舍，然後立即開始工作！」

我在監獄辦公室看過資料，在貧民窟餓死的比率是**10%**，而比這更高的是失蹤率，高達**20%**。

這個他媽的貧民窟，究竟是一個怎樣的鬼地方？

CHAPTER 06
貧民窟
Slum
04

囚犯宿舍。

豬柵。

根本就是豬柵。

我們每人只有一個床位，那張看到彈簧的爛床墊，比我本來睡的「死人」床墊更恐怖，在床墊上，還有不知是什麼的液體凝固在上方。

「我真的可以在這裡生活三年嗎？」在我旁邊床位的鄧家勇說。

「你真的想在這裡住三年？」我問。

「不是我想不想，而是一定要！」鄧家勇的表情很痛苦。

的確，這裡根本不是人住的地方，比劏房、天橋底環境更差，我們就像將要被屠宰的豬一樣，住在豬柵內的豬一樣。

「人道」這兩個字，在這裡並不存在，沒有人知道失蹤的人去了哪裡，而且也沒有人會可憐在這裡生活的囚犯與居民。

我愈來愈覺得這個天騰集團正在經營各種非法活動，只不過，他們已經收買了所有的媒體，把「天騰島」包裝成「新的生活模式」。

當然，跟政府的非法勾當一樣一直都存在，就好像地產商一樣，大家以為沒有勾當？樓價這麼貴是自然來的？錯了。

而這裡，比勾結地產商更過份，過份一百倍。他們把最底層的人與囚犯，變成了「生產」的工具。

「再教育營這個名稱，的確是很貼切。」我在自言自語。

「你為什麼好像完全不怕似的？」鄧家勇問。

「什麼意思？」我問。

「為什麼你總是在暗暗奸笑？」

「有嗎？嘿。」

「又來了！」

連我自己也沒有察覺，我的確是……很興奮。

本來，我是來找尋父母的死因，現在，我甚至想找出這個天騰島背後正在做什麼不法生意。

除了毒品外，其他的非法生意。

「臭垃圾們！」一個島管走進我們的宿舍：「分配好各自的床位後，立即去工作！」

「我們要做什麼工作？」一個囚犯問。

他奸笑：「保證你全日都過得很充實！」

沒有什麼休息時間，我們立即坐上一輛囚車，來到了工作的地方。

礦場。

不是加密貨幣的礦場，而是真正的「礦場」。

囚犯正在烈日當空之下挖礦。

「太奇怪了……」我皺起眉頭。

「有什麼奇怪？」鄧家勇問。

「這是3D打印的島，為什麼會有……礦場？」

「的確是！我也沒察覺到！」

「周志成！朱大文……」島管叫著囚犯的名字。

其中幾個新來的囚犯下車，他們的工作毫無疑問就是在礦場工作。囚車繼續前進，來到了一個有瓦遮頭的地方，大部分在這裡工作的囚犯都是女性，島管把全部新來的女囚犯叫下車。

我從囚車看到她們的工作，我不知道她們正在做什麼。
她們不是在車衣，又不是做電子加工，一些女囚犯正在拆除手銬，另一些女囚犯像把白紙過膠，全部人都在做著一些奇怪的工序，我記得企叔也曾說過有囚犯會做類似的工作。
「她們在做什麼？」鄧家勇問。
「天曉得。」
我在監獄辦公室中完全沒看過這些資料，他們是在做什麼高科技的生產？
還有，那些被困在籠中的人、像狗一樣被狗帶拖著的女人，他們看似瘋瘋癲癲的，究竟發生了什麼事？
我完全沒法想像，這個天騰島上，究竟在隱瞞著什麼？
「到了！下車！」
我跟鄧家勇是最後一批囚犯，來到了我們工作的地方。
「這裡是……」

CHAPTER 06

貧民窟

Slum

05

我相信整個貧民窟地區中，這裡是最先進的地方。

在我眼前是一座五層高的建築物，金屬銀色的外觀就像真正的監獄一樣，不過，我知道這建築物絕對不是監獄這麼簡單。

我跟幾個囚犯一起下車，然後被帶到一個消毒室之內，消毒氣體四方八面向我們噴射。離開消毒室，我們穿上了白色的防毒衣，還戴上了眼罩、頭套，然後來到了一個房間。

一個同樣穿著防毒衣的男人走了進來。

他頭上的 **FPV** 是**$110,291**，在貧民窟中也，已經是相當的富裕。

「你們每天工作十四小時，沒有假期，晚上七時吃飯，而且只能在這建築物內活動。」男人說：「現在跟你們分配部門。」

「有冷氣，又不用曬太陽，應該是優差！」鄧家勇在我耳邊說。

我沒有回答他，因為我覺得在這個貧民窟中，不會有什麼優差。

在我跟鄧家勇的前方，出現了一個立體影像，是部門的名稱。

「食物內臟部」。

「這裡是食物加工工場，你們都會被分配到不同的部門。」男人說：「別要以為有冷氣又不用在戶外工作就沾沾自喜，這工場是囚犯最不想來工作的地方，別要偷懶，好自為之！」

男人看了一看我們的部門名稱，好笑了一下。

好像在跟我們說：「你們真夠狗運，這是最辛苦的部門！」

我跟鄧家勇走上了四樓，一條長長的走廊，來到了「食物內臟部」，門打開，已經嗅到一陣強烈的血腥味。

「這……」

內臟部有一條長長的運輸帶，在運輸帶上放滿了不知是牛是豬的內臟，心臟、肝臟、胰臟、腎、肺、胃、小腸、大腸等等的內臟都在運輸帶上。

「新來的，我是這部門的主管，我叫林固高，也是囚犯，因為資歷深所以成為這裡的主管。」他面無血色，說話完全沒有抑揚頓挫：「你們的工作就是把內臟分類，只是手板眼見功夫，很簡單。」

真的是……很簡單嗎？

然後，他安排我跟鄧家勇到一個位置，在我們面前的運輸帶上放滿了畜生的內臟，血水在運輸帶旁邊的渠道快速地流著。

在我們所謂的「工作桌」前方，出現了一張內臟圖，就是給我們用來參考分類。

我拿起了一條血淋淋的大腸，它還滴著血水，非常噁心。

「嘔……」

我聽到了嘔吐的聲音，鄧家勇吐到保護頭套上。

「我……我不能……太噁心了……我想轉換工作部門！」他跟林固高說。

「沒法轉部門，很快你就會習慣。」林固高冷冷地說：「另外沒得換保護頭套與衣服，也不能脫下來，你要跟自己的嘔吐物一起繼續工作。」

鄧家勇的樣子就像死老竇一樣難看。

「我也要工作了，你們有問題就來運輸帶最前方來找我。」他說完轉身就走。

「你是犯什麼事被送來這裡工作？」我追問他。

他調頭，本來目無表情的他，突然出現了一個詭異的笑容：「我肢解了幾個未成年少女，那時候，真的是很讓人回味的時光。」

他的表情絕對讓人心寒！

我再看看正在工作的囚犯，也許他們都是犯了嚴重謀殺罪的重犯。

「鄧家勇，你還覺得這裡是優差？」

我看著快要窒息的他說。

CHAPTER 06 貧民窟 Slum 06

兩小時後。

我一面把內臟分類，一面觀察四周的環境。如果每天十四小時都要做同樣的工作，面對著血淋淋的內臟，而且還要用手觸摸，我想正常人也會發瘋。

我的鼻子已經適應了血腥的氣味，嗅不出血腥味。這兩小時，沒有任何人發出聲音，只有運輸帶運作的聲響。

「我不明白為什麼要這樣分類。」我跟身邊的鄧家勇說。

「什麼……什麼意思？」

「為什麼不在切割牠們時就分類？」我說：「要把內臟打亂之後才再分類？」

「的確很奇怪！」鄧家勇說：「不過，這島上根本就沒有什麼是正常的！」

我看著那個心臟在我面前移過，心中總有一份不知怎樣的感覺。

為什麼在貧民窟中會有食物加工工場？

這個貧民窟愈來愈奇怪。

幾經辛苦，終於來到了晚飯時間，鄧家勇不知道吐了多少次，他身上都是嘔吐物的臭味。我人生第一次竟然覺得，嘔吐臭味比血腥味更好。

晚飯時間，全個部門的人都來到食堂吃飯，大約有三四十人。

鄧家勇從洗手間走回來，他的面色鐵青，我想他在這工作，一星期也捱不過。

「什……什麼……」

他看著食物盤上的食物。

「要我怎吃？」

食物盤上全都是半生熟的內臟，有些還流著血水，馬上聯想起我們工作時的畫面。

「你不吃嗎？給我。」我一手拿起那半熟的肝臟放入口：「餓死我了。」

「你……怎可能吃得下？」他驚訝地看著我。

我指指其他的囚犯，他們都在狼吞虎嚥，那個林固高說得沒有錯，我們早晚也會習慣。

「我吃飽了。」

很快我已飽餐一頓，我走到林固高旁邊坐了下來。

「新同事，有事找我？」他又變回了目無表情。

「最小幾多歲？」我問。

「什麼意思？」他反問。

我沒有回答他，他想了一想，突然明白我的說話，樣子變得詭異。

「十一歲！還未完全發育！」

然後他滔滔不絕地描述肢解少女的過程。我真的想聽他說？才不是，我只不過是投其所好，因為我要知道更多有關這食物工場的事。

他大約高高興興地說了十分鐘，我就進入正題。

「林大哥，我想參觀一下工場的其他部門。」我說。

他煞有介事地看著我。

「我想了解一下我們工作的環境，這樣才可以更加投入工作。」我說。

「你好像有點道理。」他說：「不過，其實我也沒去過其他部門。」

「怎說？」

「因為不同部門都不會溝通，而且大家的工作都是機密。」林固高想了一想：「我知道，食物工場分成食物內臟部、分割部、加工部、包裝部，還有屠宰部。」

「屠宰部？」我說。

「對，不過，要成為屠宰部的員工，需要連續三年得到『優秀員工』大獎才可以，而這部門是最神秘的，要有通行證才可以進入。」

我皺起了眉頭。

「你才來了半天，別想升到屠宰部了！」林固高說：「升也先升我吧！」

「當然！林大哥我怎敢跟你爭！」我拍拍他的肩膊：「不過我會努力的！」

媽的，他真的以為在這裡升職就是他最光榮的事？也許，再教育營就是要灌輸這樣的想法給他們。

為什麼屠宰部是最神秘，又不公開的部門？

看來，這食物工場隱藏著什麼秘密。

CHAPTER 06 貧民窟 Slum

07

凌晨十二時半。

終於完成了一天的工作，在這裡跟我在學校做校工，簡直是天淵之別，如果要我一直這樣工作下去，我真的寧願自殺。

囚車駛回我們的豬柵宿舍，就在半路上，我看到一個人！

一個擁有……十一億身家的人！

「你先回去吧！」我跟鄧家勇說。

囚車停在一個交通燈位，我立即跳了下車。雖然叫囚車，不過根本就可以隨時跳下車，因為就算逃走了，也沒什麼地方可以去，而且在我們耳朵上的裝置，可以知道我們的位置。

最重要是，根本就沒有人會理會囚犯的去向，只要明天準時上班就可以了。

「甄……甄夢飛！」我叫著她的名字。

她就是早前在巴士站幫助我的人。

她回頭看著我：「你是……鍾笙月？」

「對。」我說。

「沒想到你這麼快就被送來這裡了。」她說：「看來你又犯了什麼事吧？」

「說來話長。」我搖搖頭：「妳是這裡的居民？我想了解一下貧民窟的事，妳可以說給我聽嗎？」

她嗅到我全身都是血腥味。

「不如這樣，我帶你去一個地方，你敢跟來嗎？」甄夢飛說。

「為什麼我會不敢？」我反問：「去吧。」

「你真的是入世未深。」她搖搖頭說：「如果我帶你去的地方有其他人，把你打死煎皮拆骨也沒有人知！」

我入世未深？嘿，好吧，我承認在這裡我絕對是「新人」。

「來吧！」她很快就走進了草叢。

我跟著她，經過一大片草叢後，來到了一個已經荒廢的村落。

「前面！」她指著前方的月亮。

不，正確是她指著前方水中的月亮倒影。

「這裡是我們的秘密地方，只有這裡的水是清潔的，你可以去洗澡。」她說。

原來她帶我來河邊……洗澡。

「如果是清潔的食水，我用來洗澡……」

「這些水不能喝的，洗澡就沒問題了。」

「但……」我嗅嗅身上的臭味：「好吧，我先洗個澡。」

在月色之下，我脫下了囚犯服，跳入了河中，這裡比我家的高級浴室設備更舒服，或者，就是因為罕有，才會覺得更好。

我在河中游泳，她背對著我坐在樹邊。

「為什麼你不洗？」我想了一想：「不，我的意思不是想看你洗澡，而是……」

「在這裡，我們女生不能太乾淨，而且還要打扮得很醜。」她說。

不用多說，我也明白了，因為在這裡如果女生打扮得漂亮，會非常危險。

「為什麼……妳會住在天騰島？而且還要住在最惡劣的貧民窟？」我問。

因為我知道她是一個有上億身家的女生，住在這裡完全不合邏輯。

「你又為什麼變成囚犯？」甄夢飛說：「每個人都有自己的原因吧，不是嗎？」

她在回避我的問題，當然，我暫時不會揭穿她有這麼多身家。

「第一次見你，我已經知道你不是普通的囚犯。」她問：「你是不是有什麼目的來到這個島？」

我浮在水上，看著圓圓的月亮：「我是來找出我父母死亡的原因。」

CHAPTER 06 貧民窟 Slum 08

「對不起，我不知道……」夢飛立即向我道歉。

「不用道歉，其實我根本不知道他們是什麼人，他們在我三歲時死去。」

我開始說出有關我的事，就連我也不知道為什麼要對一個陌生女生說這麼多，也許，這個叫甄夢飛的女生，給我一份信任的感覺。

她是第一個有上億身家，我卻完全不討厭的人。

「你為了父母的死因，所以令自己入獄，還走來了貧民窟？」她問。

「就是這樣，不過來到貧民窟不是我的決定。」我穿回了衣服，坐在她身邊：「妳不也是嗎？妳不屬於這裡，偏偏又在這裡。」

她看著我，我同時看著她，在月光的光線之下，她那滿是灰塵的臉蛋很美。

「我是自願來這裡生活的。」她看著月光：「我想幫助這裡的人。」

「妳怎樣幫助？」

她看著我，好像在猶豫著什麼，我沒有追問，我知道她很快會跟我說出來。

「鍾笙月，你應該出來社會打滾沒多久，你太天真了，把自己的事通通都告訴我，這樣是很危險的，你知道嗎？如果我告訴別人，你就麻煩了。」夢飛說。

是這樣嗎？嘿，我不說出來，又怎樣可以讓妳相信我，套妳的說話呢，笨女孩。

「其實我……繼承了一筆很可觀的遺產。」她說。

現在是誰比較「天真」？她開始說出自己的故事。

夢飛的父親生前是一間上市公司的主席，他的公司在納斯達克上市，坐擁數十億身家。不過，數年前她父親去世，把生意都交給了最信任的夥伴，而另一筆遺產留給了夢飛。

怪不得，一個二十出頭的少女會擁有十一億身家。

「我想用這筆錢幫助這裡的人，所以利用了一些關係，來到島上親身經歷一下這裡的生活。」她說。

「那妳有什麼感覺？」我問。

「為什麼只是我一個人，就可以擁有貧民窟所有人加起來的錢？」她的表情帶點傷感：「就因為窮，不斷出現人性最可怕的事，有病沒錢醫、食物不足夠等等，然後，偷呃拐騙的事不斷出現，最無助的是……」

「妳不敢說出自己很有錢。」我已經想到她的說話。

她點點頭。

當大家都知道她是千金小姐，將會發生什麼事？也許，不用我說也知道。

「妳不覺得妳的想法很幼稚？」我說。

「什麼意思？」她有點不服氣。

「我來問你，那個很窮的男人，因為找不到女朋友，又沒錢嫖妓，然後強暴了一個未成年少女。」

我說：「他是窮人，有天他問你拿錢，妳會幫助他嗎？」

「強暴犯！當然不會！」她非常肯定地說。

「很好，現在我再問妳，妳又如何去判斷錢是給了怎麼樣的人？你又怎知那個人不是強暴少女的畜生？妳不可能從別人的外表看得出每個人心中的陰暗面，世界上有太多衣冠禽獸了。」我說：「所以我才跟妳說，妳想幫助這裡的人，真的很幼稚。」

「那我有什麼方法可以幫助那些有需要的好人？」

我沒有回答她。

說我入世未深，其實她才是入世未深，說什麼幫助全部人根本就是不可能，而且又有誰知道最後是否幫助了那些大奸大惡的人呢？

「看著這裡的人生活，我感覺到很絕望。」她失望地說。

「夢飛。」我認真地看著她。

我們對望著，她帶點害羞，逃避我的眼神，然後我身體傾向她，更接近她。

「你……你想怎樣？」她看著別處。

「妳相信我嗎？」

「我們才見了兩次，我怎相信你？」

如果不相信，又怎會把自己很有錢的事告訴我？嘿。

「我有一個計劃。」

「你不會是想在我身上騙錢吧？」她說。

「我對妳的十一億資產完全不感興趣。」我把頭移得更近：「我只想跟妳合作。」

她瞪大眼睛看著我：「你……你怎知道是十一億？！」

「合作愉快。」我溫柔地微笑。

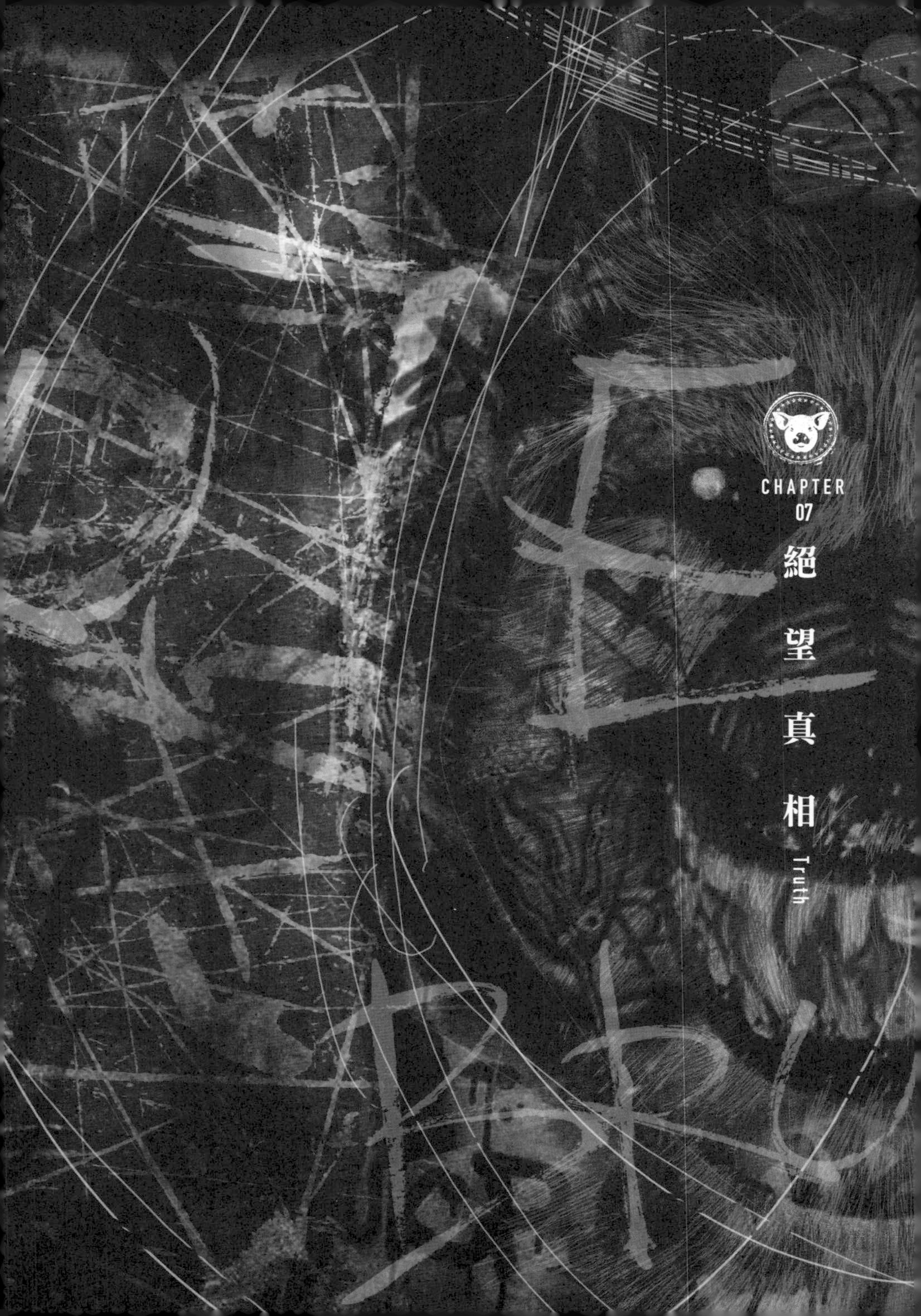
CHAPTER
07
絕望真相
Truth

CHAPTER 07 絕望真相 Truth

01

當一個人可以用錢買到99%以上別人想擁有的東西之時，他們還有什麼想要？

當一個人擁有十世也沒法用完的金錢時，他們還想得到什麼？

當一個人一直也是用錢來換取想擁有的物質，甚至是女人、感情、親情，他們還會在乎別人的感受？

這些問題，我們這些窮人根本就不會去想，因為，我們連生活也過得很艱苦，手停口停，那裡有時間「發夢」？

當然，如果你已經有十世也用不完的錢，你不用發夢，你可能連夢也可以買到。

錢買不到什麼東西？

多得很。

比如一個真心愛你的人，而不是愛你的錢、愛你的生活、愛你可以給她的生活。

問題是，世界上沒有一個真心愛你的人，又如何？

他們每晚換伴，每晚夜夜笙歌，誰又想要什麼「真愛」？是否看韓劇太多？

當一個人愈有錢，性格愈扭曲。

你不認同？

想想那些有財有勢的官員，他們真的了解民間疾苦？他們的性格已經扭曲，因為他們生活在一個不用愁錢的世界。

為什麼金錢會讓人腐化？

只因你愈有錢，愈得人尊重，就算是虛假的，你也享受著這一種「被尊重」。

那個在酒店為有錢人開門的服務生，當看到乞丐想進入，他們會阻止；那個睡在天橋底的窮人，不能進入高級餐廳；那個沒錢打官司的窮人，沒法跟有錢人去爭取自己的權益。

一層又一層，富豪看不起有錢人，有錢人看不起窮人，窮人看不起乞丐、監犯，慢慢地，整個社會的各個階級就出現了。

同時，反過來，被看低的乞丐妒忌窮人、窮人妒忌有錢人、有錢人妒忌富豪，一層又一層，最後出現了「仇富」的現象。

只要有人類的地方，就絕對會出現戰爭、衝突，什麼「烏托邦」都是廢話，因為「人性」就是……

「原罪」。

回到最初的問題，那個可以把人像螞蟻一樣踩死的有錢人，他們還想擁有什麼？

答案就是……

別人買不起的東西。

名車、名錶、名牌手袋、名牌化妝品等等，只要擁有這些奢侈品，再放上社交網「炫富」，他們就會得到了「被尊重」的快感。

當然，大多數尊重他們的人、讚賞他們的人，都只不過是內心妒忌得要死的觀眾。

而當炫富的快感已經不能滿足這些有錢人時，他們還想擁有什麼？

就像毒品一樣，已經不能自拔，他們會想擁有別人……

「更難得到的慾望」。

……

…

.

貧民窟礦場附近。

奇怪地，在這裡有一個停機坪，停泊著兩架私人飛機。

十數人在私人飛機下機，他們全戴上了卡通面具，非常可愛。不過，可愛面具背後，卻是最可怕最噁心的……畜生。

一個戴著忍者亂太郎面具的男人，向私人飛機下來的人禮貌地敬禮。

「歡迎光臨。」他指著後方：「請從這邊進入。」

天騰島為什麼會有礦場？不，掘礦只不過是掩飾，礦場的真正用途，是製造……地下室。

那群可愛的卡通人物，有說有笑地走到了一個被封的礦場入口，在礦場的上方門牌上，有一個大大的「**K**」字。

在「**K**」字下方，有一個名稱……

……

…

.

「畸形人展覽館」。

CHAPTER 07

絕望真相

Truth

02

三天後的晚上。

這晚是我跟夢飛首次行動。

我已經託金杰調查過貧民窟的事，我所知道的10%餓死與20%失縱人口，在外面根本就沒有任何相關的資料，而且傳媒報導也美化了，全部都是什麼和諧社會、共建社區等等說法。

傳謀訪問在這裡生活過的居民，他們都說生活簡單而幸福，還訪問了一些重犯，他們都感激可以在這島上重新做人。很明顯，全部人都被買通，只有真實在這裡生活過的人，才知道「真相」。

金杰幫我調查到，離開天騰島的居民和囚犯，只有1%是來自貧民窟，這代表了，住在貧民窟的人……

「有入無出」。

「鍾笙！」一把聲音從後叫我，她是夢飛：「遲了一點，對不起！」

「沒關係。」

然後她看著我身邊的東西，是一架看似快要爛掉的單車。

「我很久沒踩過單車了！」她高興地立即騎上單車：「來吧，我載你！」

「嘿，好。」

我坐在後方，她用力踩著單車，不過，踏了幾下又停了下來，重複了好幾次。

「我習慣了你的重量就可以！沒問題的，等等我！」她還逞強。

我知道跟她說別逞強她還是會繼續，所以我下了單車，然後抱著她的腰，把她整個人拉後，我坐到了前方。

「妳這樣天光也去不了目的地。」我說。

她沒有說話，只是帶點尷尬的微笑。

「出發吧！」我說。

我踩著單車，她抱著我的腰，頭依靠在我的背上。

「難離難捨想抱緊些~茫茫人生好像荒野~」夢飛哼著一首很老的歌。

「這歌是說父子情，跟我們現在不同呢。」我笑說。

「別掃興吧。」她繼續唱：「如孩兒能伏於爸爸的肩膊~誰要下車~」

爸爸的肩膊嗎？我甚至沒有跟他說過話的記憶，我也想試試伏在他肩膊的感覺。如果，他們沒有死去，不知道我又過著怎樣的人生？

微風打在我的臉上，很舒服，這是我在貧民窟難得感受到的快樂。

「鍾笙，你說過我不屬於這裡。」夢飛說：「其實我覺得你也有同樣的感覺。」

「是嗎？」

「希望我們的計劃成功，一起離開這個島。」

「然後一起去吃雞粥。」

「吃雞粥？」

「沒事，嘿。」

我們有什麼計劃？很簡單，我們首先要揭穿貧民窟一直在隱藏的秘密。

夢飛在這裡生活，調查到有一些囚犯會被帶到礦場，他們不是來挖礦工作，而是消失了。我想起來到貧民窟的第一天，帳幕裡那個頭髮像草的男人，把吸毒的男人帶走。

她一直也很想調查，可惜她不敢一個人深夜去礦場，現在我的出現，正好可以一起調查。

「到了。」

大約十五分鐘的路途，我們來到了礦場，因為已經是凌晨，沒有人在礦場工作。

我們拿著手電筒走進礦場，夢飛躲在我身後。

「會不會有鬼出現？」她驚慌地說。

「老實說，我怕人多過鬼。」我說：「不過如果遇上鬼會讓我行衰運，我就不想遇上了。」

我們走過了兩個礦洞，也沒有什麼特別，不過，來到第三個，入口用膠帶封著。

「為什麼要封著？」夢飛問。

「進去就知道了。」我說。

我們一起走進礦洞，入口不遠處有一道樓梯，樓梯的扶手有一個龍頭雕刻，非常豪華，豪華得有點古怪。

我們從樓梯向下走，來到了下層，在下層的盡頭有一道門，門口上方有一個「K」字的門牌，下方寫著「畸形人展覽館」。

畸形人展覽館？

讓我想起被困在籠中的人，我……心知不妙。

CHAPTER 07 絕望真相 Truth 03

「畸形人展覽館是什麼東西？不會是……」夢飛非常緊張。

我扭動門把，門沒有上鎖：「妳還是不要進去，在這裡等我。」

「我們一起來了，我也要去看看！」她說。

我看著她認真的表情，妥協了。

我們一起走進這個叫畸形人展覽館的地方，大門關上後很靜，靜得讓我出現了耳鳴。

「這裡有燈掣。」我按了燈掣。

在我們面前出現了像馬戲團一樣的場景，跟礦場的環境完全相反，給人一種歡欣的感覺。

「嗚……嗚……」

「鍾笙！你聽不聽到？」夢飛捉緊我的手臂。

「嗯。」

我們慢慢向著前方另一道門前進，門由布簾分隔著，我撥開了布簾看內裡的環境。

「這……」

「怎樣了？」夢飛問。

「別要進來！」我大叫把她推開。

「為什麼我不能進去？」

她帶點生氣，然後衝入布簾內！

「夢……夢飛……」

她整個人也目瞪口呆！

在她前方，三個赤裸的人，兩腳被斬斷吊在半空，他們的嘴被鐵線縫上，雙手被反綁，在他們的胸前還割上了「WELCOME」的字樣。

他們看似被下了鎮靜劑之類的藥物，看到我們也完全沒有任何反應！

我把夢飛拉回布簾後。

「妳別要進來！妳聽到嗎？聽到嗎！」我雙手緊緊捉著她的手臂。

夢飛已經整個人呆住了，只是不斷地點頭。

我再次獨自走進去，我不是不怕，只是我想知道這裡究竟發生了什麼事。

「媽的……」

在門口的左邊，是一個大鐵籠，鐵籠內的幾個女人，樣子已經扭曲成一團，像被強烈酸性液體淋過一樣，已經看不清楚她的樣貌，眼耳口鼻好像已經被打亂，血肉模糊！

在一旁的介紹牌上寫著：「可餵食，十萬元一次。」

餵食？動物園嗎？是不是瘋了？

右面放著一排排的嬰兒車，車內的不是什麼嬰兒，而是被斬下手腳，只餘下身軀的成年人，他們穿著嬰兒的衣服，雙眼被挖出，口中的奶嘴被緊緊釘在嘴上……

前方有一排像人一樣大的大水桶，水桶內都是不同的畸形人，有的手腳被切下後，腳接駁在手臂上，而大腿被駁到前臂；有的表皮被剝下，但未死去，而且還清醒，被水流一直沖著！

在大水桶旁邊的介紹牌寫著：「失敗試驗品，能生存三十六日。」

「什麼……試驗品？」

我的心跳得很快，我看著整個展覽館，沒有一個人是正常的，他們都被弄到不似人形！

突然，我……我想起了一個人……

一個我十五歲時遇上的男人！

此時，我聽到展覽館更深處傳來了流水的聲音，我慢慢地走向聲音的方向。

在我眼前再次出現了讓我心寒的畫面……

一個巨型的魚缸，就在我的面前……

巨大的魚類正在愉快地「暢泳」……

在大魚缸的介紹牌上，寫著……

「人形魚」。

幾條**人頭魚身**的恐怖怪物，正在魚缸中暢泳！不是什麼美人魚，而是似鯊魚一樣的身體，加上……

人、類、的、頭、顱！

我整個人在抖顫，完全說不出話來。

突然……有一條人形魚向我游過來，我看著他的樣子……

他的樣子……

他是……

他是那個被帶走的吸毒男人！

我被嚇得向後退，整個人絆倒在地上！

然後……然後……然後……

他跟我說話！

我聽不到他的話，卻看得出他的嘴形……

他在說……

「快殺了我！**殺了我！**」

這句說話……我也曾經說過！

……

…

·

當那些有錢人，已經不能滿足於炫富的快感時，他們還想擁有什麼？

就像毒品一樣，他們已經不能自拔，他們會想擁有別人……

「更難得到的慾望」。

看著別人生不如死的慾望！

CHAPTER 07

絕望真相

Truth

04

「呀！！！」

突然鍾笙聽到了大叫的聲音！

他第一時間想起了夢飛！鍾笙立即回頭去找她！

「啊？原來還有一隻小老鼠！哈哈哈哈！」

說話的人是那個頭髮像雜草一樣的男人！他身邊還有四五個手下！

他一手捉住夢飛的長髮：「這妹子很不錯，看來我們的兄弟今晚飽了！」

「鍾笙！快逃！」夢飛大叫著。

「放開她！」鍾笙說。

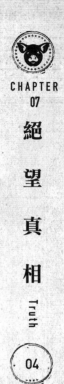

「你想英雄救美嗎？來吧！」他用舌頭舔在夢飛的臉上：「還好，我們還欠一條人形魚，不不不，來一個豬頭人也不錯！哈哈哈！」

這裡全部的畸形人都是他一手造成！鍾笙看到他頭上的三千多萬，一定是因為在這裡開辦什麼噁心的畸形人展覽館而獲得！

這個展覽館，就是給那些有錢到沒事做的富人來欣賞！看著別人生不如死！把自己的快樂建築在別人的痛苦之上，他們看到別人仆街更加高興！

這些人不只是畜生，他們連**畜、生、都、不、如！**

「不不不，還是先把女的前臂割下，還有小腿，然後把她綁在椅子上，不讓她死，讓我們一起幹到她死去為止！」雜草頭男人說。

「畜生！！！」

鍾笙不知道為什麼這麼在乎夢飛，他只知道自己非、常、生、氣！他好像瘋了一樣，衝向了那群人！

滿身肌肉的鍾笙一拳轟在其中一個男人的臉上，然後快速一腳踢向另一個男人，他以一對五混戰中！

「哈哈哈！你男友真的不錯！我喜歡！」雜草頭男人大笑。

夢飛一口咬在他的手上，雜草頭男人痛得大叫，然後一巴打在她的臉上！

「媽的！」

鍾笙看到夢飛被打，衝向了雜草男！

他避開了鍾笙的攻擊，拿出了一把小刀捅向鍾笙！鍾笙手臂被刺中流血！

同一時間，他身後的五個男人已經包圍他，拳打腳踢！

「停手！」

雜草男叫著，他把夢飛交到另一個男人手上，然後走向鍾笙，一腳踢在鍾笙的小腿，鍾笙整個人跪在地上！

「按著他！」雜草男說：「把他的頭抬起！」

鍾笙想掙扎，卻被三個男人按著，動彈不得，然後其中一個男人把他的頭顱固定！

「你有種就一刀殺了我！放走那個女的！」鍾笙狠狠地說。

「一刀殺了你？便宜了你呢。」雜草男玩弄著手中的小刀：「我當然要慢慢折磨你！」

鍾笙想站起來，還是被壓著！

「妹妹，我要在妳面前把他折磨死！」雜草男回頭看著夢飛：「看著自己的男人慢慢被殺是一件多快樂的事呢？嘰嘰嘰！」

「不要！求求你們不要！放開他！」夢飛流下了眼淚。

「你是什麼眼神？」雜草男再次看著倔強的鍾笙：「好吧，就先插盲你眼睛，嘰嘰嘰！」

其他男人把鍾笙的左眼眼皮打開，小刀在他的眼前不到半吋的位置，只要再移前一點，他的眼珠將會整個被刺穿！

電影中，總是會出現一個人來拯救主角，這個人會出現嗎？

又或是突然地震、停電等等，能讓鍾笙脫險，這突如其來的情況會出現嗎？

沒有，什麼也沒有。

雜草男知道要怎樣才會讓鍾笙最痛楚，他要很慢很慢地去完成他的「工作」。

小刀……慢慢地……**插、入、鍾、笙、的、眼、球！**

「呀！！！！」鍾笙痛苦地大叫。

被刀插入眼球是什麼感覺？

只是用想也感覺到那份劇痛！

就在此時……

雜草男停了下來……

他看到奇怪的事……

他把鍾笙整個眼球像串魚蛋一樣挖了出來！

「嘿嘿嘿嘿……」

沒有了一邊眼球的鍾笙，竟然在奸笑！

「哈哈哈哈哈哈……」

而且愈笑愈大聲！

他的左眼只餘下一個黑黑的洞，而且他的臉容扭曲，笑得非常恐怖！

為什麼雜草男停了下來？

因為他看到了……

鍾笙的眼球流下……

黑、色、的、血、水！

……

…

．

二零三六年某個下雨的中午。

CHAPTER 07 絕望真相 Truth 05

二零三六年。

只有十五歲的鍾笙月，一直也跟金杰偷呃拐騙，他慢慢長大，知道自己能做的事更多，所以在這年，他決定做一單「大生意」。

雖然他已經輟學，不過，還穿著曾就讀的光大中學校服，去找他的「目標」人物。

校服熨得筆直，頭髮也梳得整齊，加上一副斯文的眼鏡，讓鍾笙看上去不是十優學生，就是品學兼優。

他來到了他的目的地，把雨傘放入了傘筒中。

這裡是……「人體生物與科技研究中心」。

手機不需要拿著，可以植入手臂之中使用，都多得人體生物與科技的研發貢獻，而這次鍾笙要見的人，就是得到了諾貝爾生理醫學獎，研發出手臂手機的偉人。

「你先等等，顧修明博士很快就會接見你。」接待的小姐說。

「好的，謝謝。」

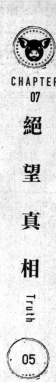

鍾笙調查到，顧修明博士一直也贊助光大中學的科研基金，一年至少投入一百萬加密貨幣以上，當然，大部分的錢都落入了校董會的口袋裡。鍾笙在想，給那些貪污的人渣風流快活，不如給他更有意思。

然後，他想到了一套周詳的計劃，欺騙那些學校科研助學金。

他扮成了學生會會長，讓顧修明把錢捐到他名下的加密貨幣戶口。他已經準備好所有資料與洗黑錢的方法，當顧修明入錢之後，他就一走了之。

「你可以進去了。」接待小姐說。

鍾笙準備起來，走進他的辦公室，接待小姐叫停了他。

「不是這裡，而是去研究室地庫。」她說。

當時鍾笙只是覺得奇怪，不是去辦公室談嗎？他沒有想到，他的一生將會因為走進地庫後，完全改變。

鍾笙乘坐升降機來到了地庫，顧修明博士在等待著他。

「顧博士你好。」鍾笙跟他握手。

鍾笙看到他的**FPV**數字是**$379,302,022**……三億七千萬，他嘴上沒有笑，心在笑。

他最喜歡欺騙那些有錢人。

「沒想到學生會有你這樣年輕有為的會長。」顧修明親切地微笑：「先坐下來吧，我準備了茶點。」

顧修明，年約六十，他的樣子看上去有點像科學怪人，不過，天才都總是不理儀容。

鍾笙扮成年青有為的學生，解釋著基金的用途，顧修明也用心地聽著。

大約過了三十分鐘，顧修明已經答應了這筆過百萬的捐助，這也是鍾笙暫時獲得最大的騙款。

「捐助明天會過帳，不用你等太久。」顧修明說。

「謝謝你一直支持我們學校。」鍾笙愉快地說。

顧修明看看手錶：「也差不多了。」

「我也不阻礙你工作，我也差不多……」

正當鍾笙想說要走之時，他感覺到強烈的暈眩！

「嘰嘰，我說的差不多，不是你走，而是……你留下來！」顧修明的樣子突然變得非常猙獰。

「什……什麼……意思？」

鍾笙看著剛才他喝過的那杯茶……

他從來沒想到，原來真正被騙的人，不是顧修明，而是他自己！

他敵不過藥力……暈倒了。

絕望真相 Truth 06

鍾笙醒來已經被鎖在一張像牙醫用手術椅上。

「你想做什麼？！放了我！」鍾笙看著旁邊的顧修明。

「你在孤兒院長大，中三已經輟學，現在扮成學生會的會長來騙我錢嗎？你真的當我是傻的？」顧修明說：「不過，也好，因為你無親無故，死了也沒有人知道，正好可以成為我的……實驗品！」

拿過諾貝爾獎的人就是好人？別要太天真了，很多科學家，都用過不同的生物去做實驗，他們會憐憫那一隻倉鼠嗎？

才不會，現在的鍾笙，已經成為了顧修明的倉鼠！

「放開我！放開我！」

「放心吧，我一定會放你，不過，也要完成實驗後，而你又沒有死去之後的事了。」

鍾笙完全沒有想過，他將會被禁錮在這地庫……

三個月。

……

…

一星期過去。

鍾笙還是被鎖在椅上，明顯他已經消瘦不少，不過，顧修明每天都會為他打入營養針，不讓他這麼快死去，而大小二便也只能在椅上進行。

這個星期顧修明都在觀察鍾笙的身體，這星期鍾笙也捱得過，代表身體質素適合成為實驗品。

今天，顧修明正式開始他的「人體實驗」。

「咬著它。」顧修明把一塊毛巾遞到鍾笙嘴巴前。

「為什麼？」

顧修明沒有回答他，他拿出了一個小型的圓電鋸，電鋸發出了恐怖的轉動聲音。

「你……你想做什麼？！」鍾笙非常驚恐。

「用來鋸斷你的右前臂，然後換成一隻機械手臂！」顧修明說得非常輕鬆。

「什麼？！」

顧修明是世上第一位發明電話植入手臂的人，不過，他未滿足於這舉世的科研成果，他有一個更宏大的想法。

他要把人類整隻手臂換成生物科技手臂，手臂內會有一台微型的電腦運作，這樣會更方便人類生活，是人類未來的新科技。

顧修明指著遠處，燈光下的一隻機械手臂。

「尺寸跟你的手臂一樣，而且有自動保修功能，即是說，用上一百年也不會有問題，非常實用。」

顧修明欣賞著自己的傑作。

「你是不是……瘋了？」

「不不不，你錯了，我只是為了人類的未來。」顧修明笑得非常詭異：「另外，我不會打麻醉針，我也想了解一下，人類可以承受幾多痛楚。」

「不……不要……放過我！放過我！」鍾笙流下了眼淚，苦苦哀求。

「別要哭，你是為著人類的未來而犧牲，你是非常重要的。」

顧修明說完，在鍾笙的手臂上鋸下去！

「呀！！！！」

鍾笙痛苦得大叫！

血水濺在顧修明的白色醫生袍上，就如一朵朵的玫瑰花一般。

顧修明的嘴角翹起，這一刻，已經不知道他是為了人類的未來而快樂，還是因為虐待別人而感到快感！

鍾笙非常非常非常痛楚，他甚至痛到失禁！

在他的腦海中，出現了一句說話……

「為了人類的未來？去你的！**我、憎、恨、人、類！**」

或者，現在切下手臂極度痛楚，不過，比這更可怕的，就是在沒有止痛的情況之下……

安裝機械手臂。

想到這裡，鍾笙已經不想再想下去……

CHAPTER 07

絕望真相

Truth

07

一個月過去。

鍾笙沒有死去，而且顧修明的實驗非常成功，鍾笙的右手已經被換成機械手臂，外觀跟普通人類手臂一模一樣。他也進行了無數次的測試，沒有跟主體排斥，手臂甚至可以根據天氣，調節身體內的溫度，下雪也不用穿厚厚的大衣，可以發出熱力保暖。

為什麼鍾笙在天騰島上可以自由地對外通訊？不是已經阻止了囚犯對外聯絡嗎？沒錯，因為鍾笙的手臂，在八年前，已經換成了這高科技機械臂。

這一個月來，鍾笙再沒有掙扎，因為他知道怎樣掙扎也沒有用，他的體重已經下降了三份一，不過，他依然沒有死去。

顧修明會停止？錯了，他的研究還未完成，他還有多項更瘋狂的科研計劃，鍾笙月這個「優質」的實驗品，當然不能浪費。

「鍾笙，新的研究開始了。」顧修明在鍾笙的耳邊說。

「快殺了我，殺了我吧。」鍾笙沒神沒氣地說。

「我怎捨得殺了你？」顧修明樣子狡猾：「你是我遇過最好的實驗品！來吧，我們開始了！」

顧修明先用金屬固定架把鍾笙的頭顱固定。

「你想做什麼？」

「我要把你的左眼眼球換掉！」顧修明拿出一隻100%像真的機械眼球出來：「這眼球可以隨著你的想法拍攝與錄影，然後放在加密的雲端保存！」

顧修明想出保存一個人一生畫面的方法，本來，這是一件很值得研發的項目，不過，如果要換走人類的眼球，又是另作別論。

為什麼鍾笙能在獄長辦公室拍攝正馬能的惡行？就是因為他的「眼球」。

「只是有一點點痛，沒事的。」顧修明笑著說，同時，他開動手上的小型電鑽。

鍾笙的眼睛被固定器掙開，他根本沒法合上眼睛！

他不斷地大力深呼吸！不斷跟自己說沒事的！不斷地跟自己說不會痛的……！

直至電鑽鑽入他的眼球，他感覺到劇、烈、的、痛、楚！！！

「呀！！！！！！」

這是他有生以來，最痛楚的感覺！

從來也沒有比這一次更痛楚！

鮮血連同眼球被活生生地扯出！

鍾笙痛得像癲癇症一樣，身體不斷抽搐！

血水從他的眼睛流下，一滴一滴落在他的身體之上！

「好了，你將會成為世界上第一個得到新機械眼球的人！哈哈哈！」

顧修明高興地大笑！瘋狂地大笑！

鍾笙用右眼看著他，他心中想，他一定會報仇！

他要顧修明比他痛苦一百萬倍！

一千萬倍！

……

‥

．

兩個月過去。

「鍾笙，眼球已經裝上了一個月，感覺如何？」顧修明問：「你外表看不出有什麼分別，我的生物科技技術真的是最好的！」

「很好，只是經常都有眼乾的感覺。」鍾笙說。

「這個。」顧修明拿出一支眼藥水：「滴眼藥水對你的眼球有幫助。」

「那就麻煩你了博士。」

在地庫的大螢光幕上，是顧修明的樣子，沒錯，這就是鍾笙眼睛看到的畫面。

顧修明像父親一樣，替鍾笙滴著眼藥水。

鍾笙竟然說「麻煩你」？他們的關係怎麼變好了？

這兩個月來，鍾笙已經知道怎樣掙扎也是徒然，他要做的，就是服從這個瘋狂的博士。

也許，他已經患上了「斯德哥爾摩症候群」。

這症候群，就是被害者對於加害者產生了情感，通常會經歷四個歷程，恐懼、害怕、同情、幫助，最後對加害者產生了情結。

現在的鍾笙就像患上這種症狀。

對於顧修明來說，鍾笙就像他的實驗品兒子一樣，加上這個月來鍾笙都非常合作，他同樣地開始對他產生了一份親切的感覺。

他本來有一個兒子，卻在十年前意外死去，如果他的兒子沒有去世，正好跟鍾笙一樣大，顧修明同樣出現了「父愛」的情感。

「博士，以後讓我自己滴眼藥水吧，你就可以不用花時間在我身上，去研究更多不同的項目。」鍾笙說：「你解開我上身的鎖，你鎖著我的腳我也走不了。」

顧修明看著誠懇的鍾笙。

「不過，就算你沒鎖住我的腳，我也不會走的。」鍾笙臉上出現了溫柔的微笑。

顧修明想了一想：「好吧，以後你也可以自己吃東西。」

鍾笙點點頭。

他把鍾笙雙手以及上半身的鎖解開。

鍾笙第一時間要做的，就是……

擁、抱、著、他。

CHAPTER 07

絕望真相

Truth

08

顧修明感覺到擁抱的溫暖。

「乖了，以後你繼續幫助我……」

他話還未說完，感覺到後頸出現了強烈的痛楚！

「我還要繼續幫你嗎？」

鍾笙收起了笑容，用一個兇狠的眼神看著他！

他患有斯德哥爾摩症候群？才沒有！鍾笙知道自己沒法反抗，只能用服從的方法獲取顧修明的信任。

從來沒有感受過「親情」的鍾笙，知道親情絕對可以把一個人軟化！

這兩個月來，他在手術椅上不斷扭出一顆長螺絲，他用了兩個月時間，慢慢地把長螺絲整支扭出來！

他非常有恒心，畢竟他被鎖在椅上，也沒有什麼事可以做。

現在，長螺絲已經插入了顧修明後頸中！
「你……」顧修明完全估計不到。
鍾笙拔出了螺絲，然後用力捉住顧修明的頭髮，將螺絲……插入他的眼球！
消瘦的鍾笙，為何有如此的力氣？
不，他的力氣不是來自「體力」，而是報仇的力量！
顧修明痛苦地在地上打滾！
「哈哈哈！你知道那份被插盲的痛苦了嗎？你知道了嗎？哈哈哈！」
鍾笙對著他奸笑，十五年來，他從來也沒笑得這麼開心過！
不過，這才是鍾笙報仇計畫的「開始」。
……
…
・
鍾笙被困三個月後。
本來，鍾笙可以在一個月前離開，不過他還未完成他的報仇計畫，而且，他還要了解他的手臂與眼球的功能與操作，好讓他未來可以用得到。

他一直留在地庫，地庫有足夠的食物與水讓他生活，直至一個月後。

顧修明呢？

他沒有死去，鍾笙甚至幫助他治療頸後的傷口，讓他可以生存下去。因為顧修明總是留在地庫，甚至試過整個月沒出來，公司的同事都已經習以為常，不以為意。

顧修明被鍾笙反綁在那張手術椅上，他快變成……「人乾」。

「求求你……殺了我吧……」顧修明說。

他的雙眼已經被挖出，而且耳朵也被切去，每天，鍾笙也在他身上割下傷口，又為他治療，不讓他死去。

鍾笙足足把顧修明折磨了……一個月。

「嗯，我也玩夠了，你可以去死。」鍾笙說：「我成全你的願望，你應該要說什麼？」

「謝謝你。」

「乖。」

鍾笙已經把易燃的化學物料，灑滿整個地庫，他要一把火把這個滿是可怕回憶的地方燒毀。

當然，還要把他最痛恨的顧修明「燒毀」。

他把易燃物品淋在顧修明的身上。

「我也要感激你，給我這麼有用的東西。」鍾笙滴著眼藥水：「永別了，顧修明博士！」

火機點在顧修明身上，火勢蔓延全身！

鍾笙還不走？

不，他報仇計劃的最後一部份，就是要聽著顧修明痛苦地在火燒中大叫大喊，直至死去。

鍾笙的面上，出現了顏藝一樣的恐怖笑容。

他媽的恐怖笑容！

……

：

．

一天後。

「特別新聞報導，諾貝爾獎得主顧修明博士，懷疑在他的研究室地庫火災意外中，不幸身亡……」

鍾笙看著廣場上的大螢光幕播放著新聞報道。

他沒看下去，離開了。

笑著離開，開始他新的生活。

這就是鍾笙十五歲時，失蹤的真正原因，這就是他一直沒告訴別人的……

「絕望真相」。

CHAPTER 07 絕望真相 Truth 09

畸形人展覽館內。

小刀慢慢地插入鍾笙的眼球！

「呀！！！！」鍾笙痛苦地大叫。

雜草男把鍾笙整個眼球像串魚蛋一樣挖了出來！

「嘿嘿嘿嘿……」

沒有了一邊眼球的鍾笙，竟然在奸笑！

「哈哈**哈哈哈哈……**」

而且愈笑愈大聲！

他的左眼只餘下一個黑黑的洞，而且他的臉容扭曲，他笑得非常恐怖！

在場的人都看到了鍾笙的眼球流下**黑、色、的、血、水！**

「三……二……一！」鍾笙在倒數著。

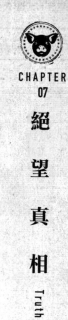

數到一時，在雜草男手上的眼球突然……**爆炸！**

雜草男半身被炸到爛肉橫飛！

全場人也呆了一樣看著整個血腥的畫面！

「還好，你不是插我的右眼呢。」鍾笙得意地伸出了舌頭：「哈哈哈！眼球被挖出後，三秒後就會爆炸！白痴！大白痴！」

他左眼球的黑洞流下黑色血水，現在的鍾笙就像一頭惡魔一樣！

雜草男大概已經掛了，整個人倒在地上，其他人看到這恐怖的畫面立刻逃走！

現在，展覽館內只餘下鍾笙與夢飛。

夢飛慢慢走向他：「鍾笙……你……」

鍾笙看著她，立即收起了扭曲的表情：「別要看著我！求求妳！」

夢飛從來都是一個不聽話的少女，他不只繼續看著鍾笙，她還走向他，深深地擁抱著他。

她大概知道鍾笙有一段不想告訴別人的過去，她完全不覺得鍾笙現在的樣子恐怖，反而有一份可憐的感覺。

「沒事的，是你救了我，是你。」夢飛在他的耳邊說。

鍾笙聽到她這句說話，眼淚不禁地流下，這麼多年來，他一直隱藏的秘密，首次被揭開。

第一個看到他恐怖外表的人，沒有把他當成怪物，而是感激他拯救了自己。

一邊是正常人的透明眼淚，而另一邊是……

黑色的淚水。

鍾笙雙眼流下了眼淚。

三天後。

鍾笙本來住的囚犯宿舍內，除了同房的譚永超和陳企叔，多了一個人。

他坐在鍾笙曾睡過的床上。

他托托自己的金邊眼鏡，看著一分鐘前所做的「傑作」。

「陳企叔，還有兩星期就可以離開天騰島……」他看著企叔：「不過，真的是太可惜了。」

他冷冷地說。

企叔沒有回答他，因為，永超和企叔只餘下了……

兩、個、頭、顱！

全個房間的牆上血跡斑斑，鍾笙兩個室友已經身首異處！

他掉下了染滿血的軍刀，躺在床上。

躺在鍾笙月睡過的床上。

「鍾笙月嗎？」

他跟鍾笙一樣，看著滲水的天花板。

然後，他按下了手臂，出現了發送訊息的畫面，他用語音讀出將要發出的訊息內容。

「如果你把我們的事情揭發，所有跟你有關的人，都會很慘……死、得、很、慘。」

他連同譚永超與陳企叔的頭顱圖片發出。

收件人是……鍾笙月。

這個外表斯文英俊的男人，他叫金秀日，他有一種能力，可以看到別人看不到的某些「數字」。

不久的時間，鍾笙月與金秀日，即將……

正式的碰頭。

畜生月與禽獸日即將遇上。
畜生與禽獸，即將展開一場……
最驚心動魄的對壘。

畜生

第一部全文完

第二部待續

孤泣作品
LWOAVIE RAY

編輯 / 校對　首喬
設計　@rickyleungdesign

出版：孤泣工作室有限公司
荃灣德士古道 212 號，W212, 20/F, 5 室
發行：一代匯集
旺角塘尾道 64 號，龍駒企業大廈，10 樓，B&D 室
承印：美雅印刷製本有限公司
觀塘榮業街 6 號，海濱工業大廈，4 字樓，A 室

出版日期： 初版一印 2022 年 7 月

ISBN 978-988-75830-6-6
HKD $108

孤出版